我的阿嬤是
外星人

人物介紹

柯完仁（柯柯）六歲

完全是在都市土生土長的孩子，六年來第一次住在鄉下阿嬤家。對於現代科技和宇宙十分的有興趣，又很擅長英語；卻跟著阿嬤來到沒什麼現代感覺、英語沒人聽得懂的鄉下……原先自滿又臭屁的個性瞬間陷入恐慌。柯柯完全相信阿嬤是外星人，聯合隔壁膽小的嘉嘉要一起阻止外星人入侵。原本習慣人家叫他「克里斯」，突然變成「柯柯」讓他很惱火。

林美麗（阿嬤）七十歲

當地「望天宮」有名的法師、誦經團長老。兒女都離開鄉下打拼，卻仍堅持待

在老家服務。這次照顧柯柯更是傷透了腦筋，自己只會說幾句國語、又不太看電視造成無法跟柯柯說上話。爲了重要的「活動」，阿嬤慢慢忙碌了起來。常常看到柯柯拉著嘉嘉到處跑，對極爲抗拒自己的柯柯也一籌莫展。

嘉嘉　六歲

少數聽懂柯柯國語的小女孩，非常膽小怕黑。因爲住柯柯隔壁而認識了柯柯，進而相信了「柯柯阿嬤是外星人」的論點。

天性善良卻很愛哭，留著長髮綁著蝴蝶結，穿著簡單洋裝到處跟柯阿跑來跑去。希望阻止「外星人來了後將大家變成外星人」的計畫。喜歡小動物和花草；有著一隻名叫小吉的小熊娃娃。

柯準（小堂哥）十二歲

國小畢業要準備到都市上國中，最後一次的暑假要跟阿嬤一起渡過。對於柯柯老是喊著外星人也不瞭解，還故意嚇柯柯讓他害怕；因此間接造成柯柯對於自己阿嬤是外星人深信不疑。在阿嬤的要求下，要讓他一起參加「活動」的比賽。個性有點白目又愛玩，本質上卻是個好孩子。

鍾玉婷（玉婷）十一歲

廟口的小女孩，在望天宮失火時救了柯柯。

沈主委（沈主委伯伯）四十五歲

人稱主委阿伯，廟口管理委員會的主委，戴個黑框眼鏡，常常替附近廟口的商家或住戶排解困難。

序幕

表演舞台中央，有一個六歲左右的小男孩正彈著鋼琴。小男孩被喻爲台灣天才小神童，才六歲就能彈得一手好鋼琴之外，英語程度也是令許多大人嘖嘖稱奇；小男孩一臉神氣的模樣，充滿著自信。

「獻給愛麗絲」，貝多芬的名曲。在小男孩的彈奏下，不論快與慢的節奏，都讓現場的聽眾聽得入迷；這真的是六歲的小男孩所演奏的嗎？小男孩彈奏到中間節奏變換的部份，不但表現自然、流暢，還充斥著滿滿的自信。

演奏完後，小男孩站起身，面向觀眾行了一個禮。

「演奏得太棒了！安可！」台下爆出掌聲！這個小男孩真的是天才！

從這位小男孩充滿自信的笑容，可以看出這位小男孩未來真的不可限量！在觀眾的掌聲之中，鋼琴演奏會順利結束。

*

「克里斯！今天表現得不錯唷！」

「沒什麼，學校的鋼琴演奏會，沒有什麼。」

被喚作「克里斯」的小男孩，就是剛剛演奏鋼琴的小男孩；由小男孩的爸爸開的進口轎車可以看得出來，小男孩的家境非常不錯。

小男孩的爸爸拿了一瓶小瓶的礦泉水給小男孩。

「Are you thirsty?」

小男孩接過礦泉水後說著：「Thank you.」

「明天幼稚園結束後，要參加小提琴的課程嗎？」小男孩的爸爸問著。

「嗯！明天是小提琴進階的課程，我想要把小提琴快點學好。」

「Good boy！I am proud of you！」小男孩的爸爸點了點頭。

轎車開在夜晚的都市街道上，格外顯眼；在這個資本主義掛帥的社會之中，小男孩的家庭在任何人眼中都是標準的菁英家庭；而小男孩自信又多才多藝，將會是未來社會中的菁英份子。

原本是該如此……直到小男孩遇到了外星人阿嬤……

目次

我的阿嬤是外星人

01.

都市菁英小孩

克里斯……
已經是小大人了。

「各位同學！那就明天見了唷！」幼稚園老師開心的跟小朋友們說著再見。

這是一間非常具有名氣的私立幼稚園，不論是設備還是師資都是頂尖的；即將放暑假的前幾天，學生們都有些興奮，有些小朋友還會在暑假期間跟著父母親去國外避暑。

這時台上的老師叫住了克里斯：「克里斯，我們學校想要麻煩你，等要放暑假前，可不可以麻煩你，在演講台上用英文來跟大家作演講呢？」

「可以是可以，但是小朋友又聽不懂，根本浪費時間不是？」克里斯滿臉驕傲的說著。

「別這樣說嘛……」老師瞬間有點尷尬。「就麻煩你用簡單的英文唸稿子就好，畢竟我們幼稚園也是有名的雙語幼稚園嘛！我會請英語老師先寫好簡單的稿子給你好嗎？」

「喔……到時候稿子給我就好，我去上小提琴課了。」克里斯說完轉身就離開。

幼稚園牆上有許多克里斯的相片，就連幼稚園招生的宣傳廣告上，也是貼得滿

01　都市菁英小孩

滿的克里斯相片。克里斯抬頭挺胸的走著，非常的神氣，在他眼中比他還優秀的小孩是不存在的，因此每天放學時克里斯也是一個人，沒有同學跟他在一起。

「克里斯！我們快點趕去小提琴教室，媽媽下午還要去公司開會！」克里斯的媽媽喊著，趕緊開車載克里斯。

「柯完仁……等等晚上……」

「媽媽，請叫我克里斯。」克里斯酷酷的說著。

「啊！抱歉抱歉，媽媽專心的開車，沒有注意到。」克里斯的媽媽趕緊道歉。

克里斯的父母親都是世界聞名的外商公司高級幹部，薪水是一般家庭的十幾倍之多；因爲家庭優渥的環境，克里斯比起其他同年齡的孩子優秀，也是造成克里斯有些目中無人驕傲的態度。

「媽媽是要問你，晚餐有想要吃什麼嗎？」

「喔……如果可以，上次那間飯店的菜還蠻好吃的。」

「你說是那間飯店的Buffet嗎？歐式自助餐的那間嗎？」

「Yes.」

「好，媽媽跟爸爸接你時帶你去吃。」克里斯的媽媽笑笑的說著。

*

天氣漸漸的炎熱起來，很快的到了放暑假的日子。克里斯在演講台上唸完英語演講稿後，暑假也正式展開。

「歐洲嗎……我不要再吃英國的司康。」克里斯在車上跟爸爸抱怨著。

「哈哈，克里斯不喜歡司康啊？我倒是很喜歡塗上奶油來吃啊！」克里斯的爸爸笑笑的說著，邊握著車的方向盤看了後照鏡克里斯一眼。

「I don't like.」

「好啦！爸爸專心開車。」克里斯的媽媽看爸爸開車不專心，稍微提醒了一下。

暑假開始前，克里斯家庭會議已經決定，要去歐洲渡假一個月後，再去其他地方渡假。

「對了，這一次我有安排去看歌劇，已經訂了『仲夏夜之夢』的門票。」克里斯的爸爸笑笑的說著。

01 都市菁英小孩

「莎士比亞的『仲夏夜之夢』嗎?那個對克里斯來說會不會太難?」媽媽問著。

克里斯的爸爸笑笑的說著:「不會。克里斯的英文已經有一定水準,看歌劇沒有問題。你說對不對?克里斯?」

「Of course.」克里斯臉上充滿著自信。

「也好,『仲夏夜之夢』可以說是喜劇,克里斯看應該可以。有機會我倒是想看看『哈姆雷特』。」克里斯的媽媽回答著。

「有機會的。」克里斯的爸爸笑笑的說著。

一家人開心的前往餐廳吃飯;克里斯非常期待歐洲的旅行,看著窗外的街燈,已經想著要如何在英國劇院前拍照,以及好好的享受歐洲的歐式套餐。

暑假開始了,克里斯雖然幼稚園休息,但是還是有滿滿的才藝班課程:英語補習班、鋼琴菁英班、小提琴進階班……克里斯希望能在前往歐洲渡假前,把進度告一段落,特別努力練習著;這天克里斯在家練習小提琴,卻意外的聽到了父母親的談話。

「怎麼會這樣……不是說那方面總公司會處理？」

「我也不確定。總公司似乎也很著急……這下子怎麼跟克里斯說……」

克里斯剛好把手上的練習告一段落，不小心聽到了這段對話。原先想進去父母親房間問，但想一想認爲不是什麼重要的事情，就直接到廚房倒了水來喝。過了一段時間，克里斯看完英語的書，準備要去換睡衣睡覺……這時，克里斯的父母親來到了克里斯面前。

「克里斯……爸爸和媽媽要跟你道歉。」克里斯的爸爸看著克里斯說。

「什麼事情？」克里斯冷靜的看著爸爸和媽媽……克里斯的媽媽臉色也很凝重。

克里斯的爸爸看了一眼克里斯的媽媽，面有難色的說著。

「爸爸和媽媽聽到總公司的消息……因爲總公司碰到了一件很重大的案子，跟亞洲開發案有關。所以到總公司去了解情況後，爸爸和媽媽要去一些亞洲地區作評估與考察。」

「嗯！所以呢？」克里斯冷靜的問著。

01　都市菁英小孩

「所以，爸爸和媽媽要離開台灣到美國總公司去，可能兩個月的時間不會回來台灣。」克里斯的爸爸慢慢的說著，平時的微笑也已經消失。

「嗯！那我可能要多準備一些衣服，要換的衣服有很多；飛機上我也要換穿比較舒服的鞋子。」克里斯點了點頭，常常跟爸爸媽媽出國，飛機也坐習慣了。

「克里斯……」克里斯的媽媽沉默了一下後說：「我們這次沒辦法帶你去，因爲我們要去好幾個國家去作評估與考察，有些地區屬於比較落後的國家……」

克里斯聽到不能跟去，瞪大了眼睛看著爸爸和媽媽。從以前到現在，克里斯幾乎沒有離開過爸爸媽媽的身邊。

「媽媽也捨不得你……可是沒辦法。」克里斯的媽媽難過的說著。

「那……我要怎麼辦？」克里斯疑惑的問。

克里斯的爸爸摸摸克里斯的頭：「別擔心……我已經聯絡了我的媽媽，也就是你的阿嬤，暑假我們不在的期間幫我們照顧你。」

「阿嬤？」克里斯努力的回想著，記憶中看到阿嬤好像沒有幾次……過年的時候好像坐著爸爸的車開很遠，到一個地方見到阿嬤……吃完飯拿完紅包就走了。房

子舊舊的，還有幾個不認識的人一起吃飯；基本上根本也沒說到幾句話。

克里斯想了想，問著媽媽：「那麼，才藝班的課程怎麼辦？阿嬤每天接送嗎？」

克里斯的爸爸搖了搖頭：「不是喔！克里斯你的才藝班要先停下來。你要到阿嬤那邊住一段時間。」

「咦？這樣我會趕不上進度……」克里斯有些彆扭，不太想要去阿嬤那邊。

「對不起唷！我們也沒辦法，總公司那邊一直催促著我們快點過去……大約明天，你阿嬤就會過來帶你了。」克里斯的媽媽蹲下去，摸摸克里斯的頭。

「我不要！我要跟爸爸媽媽在一起！」克里斯大聲的說著。

「不可以任性！克里斯是小大人對不對？」克里斯的爸爸嚴厲的說著。

克里斯也知道，家裡決定的事情再怎麼抗議也沒有用。克里斯不開心的回房睡覺，不論怎麼想也沒有想到該怎麼辦；迷迷糊糊之中，克里斯像是流著眼淚睡著了……平時驕傲的克里斯，怎麼樣也不會在大家面前落淚。

「叮咚！叮咚！」門外的門鈴聲將克里斯吵醒，克里斯看了看窗外，已經天亮

01　都市菁英小孩

了。

外面客廳好像聽到說話的聲音，克里斯揉了揉眼睛，決定到外面去看看。克里斯換下睡衣，穿上了平常在家穿的居家服，走到了門外。

門外除了爸爸媽媽，還有……阿嬤。阿嬤竟然已經來了！

阿嬤看到克里斯，高興的大喊說著台語，邊說邊跑過來想抱住克里斯。

克里斯抗拒的往後躲，不給阿嬤抱；而且阿嬤說的台語，克里斯聽不懂。

「……阿嬤……」阿嬤指著自己說了一堆台語，柯柯只聽得懂「阿嬤」這個詞。

「阿嬤……妳說什麼我聽不懂。」克里斯看著阿嬤……眼前的阿嬤打扮得很樸素，衣服是灰色的，和電視上看過的唐裝有點類似；髮型也是半捲髮，長度只到肩膀而已。最重要的是，阿嬤說的台語，克里斯完全聽不懂。

克里斯的爸爸用台語說著：「阿母，克里斯聽沒台語啦！」

「啥?克……克什麼?」阿嬤搖搖頭。

「克里斯！伊的英語名啦！」克里斯的爸爸用台語回答著。

阿嬤聽了搖搖頭，用台語說著：「我不會說外國話啦！別叫那個外國名字……這樣吧！我就叫他柯柯吧！」

阿嬤說完，勉強用國語對著柯柯說：「我……是阿嬤，柯柯……你好。」

「柯柯？……阿嬤，請叫我克里斯！」克里斯不高興的說著。

「阿嬤發不出英語的音啦……她說要叫你柯柯。」克里斯的爸爸說著：「還有，阿嬤不會說國語，你要盡量用台語跟她交談。」

「什麼？不會國語跟英語？那怎麼生活？」克里斯感到非常不可思議！

「媽媽和爸爸明天就要出發了，克里斯你要聽阿嬤的話，我們暑假過完就會回來。」克里斯的媽媽擔心的看著克里斯，邊用手摸著克里斯的頭髮。

「克里斯，你是男生，要好好的照顧阿嬤，聽阿嬤的話。」克里斯的爸爸也告誡著克里斯，眼中充滿著不捨。

「阿母，麻煩妳了。」克里斯的爸爸轉過頭跟阿嬤拜託著。

「傻孩子，柯柯是我的金孫咧！別擔心啦！反而是你們，注意安全啊！」阿嬤也對克里斯的爸爸說著。

「快點整理整理，等等要跟阿嬤坐火車了。」克里斯的媽媽邊說著，邊進去房間幫克里斯整理。

克里斯緊張的問著：「咦？等等就要出發了嗎？」

「嗯！」克里斯的爸爸點了點頭說：「你阿嬤明天望天宮內還有事，不能請假太久。所以等等吃完飯後，你就先跟阿嬤坐火車出發，爸爸和媽媽明天下午就要坐飛機離開台灣了。」

「不能明天嗎……」克里斯低下頭，真的非常的不捨得爸爸和媽媽。

「克里斯勇敢點，你是爸爸和媽媽的驕傲，知道嗎？」克里斯的爸爸雖然也捨不得克里斯，但還是安慰著克里斯。

「嗯……」縱使有千百個不願意，克里斯也不願意展現出自己脆弱的一面；猛咬著下嘴唇的克里斯，正忍耐著不讓自己哭。

克里斯偷偷的看了阿嬤一眼，阿嬤雖然親切的笑著，但是阿嬤的話讓克里斯一句話也聽不懂，唯一聽得懂的，就是阿嬤叫自己「柯柯」。

克里斯從今天起，正式改名爲柯柯……

我的阿嬤是
外星人

02. 鄉下的新生活

「柯柯……？」阿嬤在火車上用台語問著柯柯。

柯柯知道阿嬤在跟自己說話，但是並沒有回答，主要是因爲聽不懂。柯柯想要跟阿嬤說自己「克里斯」的名字是一個驕傲的象徵，是英語老師給他取這個名字，代表的是智勇雙全以及無比的勇氣！

柯柯轉過頭看著阿嬤，但瞭解到語言不通，根本無法讓阿嬤瞭解；一想到這裡，柯柯更不想講話了。

「柯柯？」阿嬤看柯柯沒有回應自己，又叫了一次。

「我叫克里斯!克、里、斯！」

「扣……魯……」

「克里斯！」柯柯不自覺的聲音變大聲！

「扣……哩……蘇……」阿嬤根本發不出那個音節，只好尷尬的笑一笑。

柯柯一聽阿嬤還是叫自己柯柯，大大的嘆了一口氣後，不太想再說什麼了。過沒多久，火車上販賣食物的人員推著販賣的車子來到了這節車廂。

口渴的柯柯看到有蘋果汁，對著阿嬤說：「阿嬤，Apple juice，please.」

02　鄉下的新生活

「啥？阿……批……婆、啾西、蘇蘇？」阿嬤有聽沒有懂。

柯柯氣得嘴巴都鼓起來了！大聲唸著：「我要蘋果汁！謝謝！」柯柯用手比一個喝飲料的動作。

阿嬤看柯柯似乎想要喝飲料，趕緊伸手向推車的小姐揮揮手。

「需要什麼嗎？」販賣食物的推車小姐禮貌的問著。

「我的金孫好像說要喝東西，但是我聽不懂他說要喝什麼。」阿嬤用台語說。

柯柯看推車來了，指著推車上的蘋果汁說：「我要蘋果汁，謝謝！」

「蘋果汁，還有呢？」販賣的小姐笑笑的給柯柯蘋果汁。

「柯柯……？」阿嬤轉頭用台語問著柯柯。

柯柯搖搖頭，說著：「我聽不懂阿嬤妳說什麼。」

販賣的小姐看兩人說的話互相聽不懂，趕緊充當翻譯：「小朋友，你阿嬤是在問你要不要吃什麼？」

「喔！那我要那個餅乾。」柯柯指著推車上的餅乾。

「好的。」販賣的小姐笑了笑，拿了餅乾給柯柯。

最後阿嬤買了茶飲料喝，柯柯也邊喝果汁邊吃餅乾。阿嬤看了柯柯一眼，心想著要和自己的孫子說話還要麻煩人當翻譯，真的是有夠無奈。

火車慢慢駛離都市，過了一個又一個山洞，外面的景色越來越鄉下。柯柯看著外面的農田和矮房子，越來越感到寂寞與無奈……

＊

「克里斯！要聽阿嬤的話喔！爸爸媽媽會盡可能早點回來。」媽媽邊抱著柯柯，邊捨不得的說著……很早之前就已經流了眼淚了。

「注意安全啊！你是爸爸和媽媽的驕傲。」爸爸也跟柯柯說著：「到阿嬤家要注意禮貌，爸爸和媽媽會打電話給你的。」

柯柯跟著阿嬤上火車，就這樣前往阿嬤家……一切都是那麼的陌生和突然，柯柯連小提琴都沒有帶，因爲怕搞丟就放在家裡；衣服雖然帶的很多，也有一張爸爸和媽媽以及柯柯的全家合照，卻仍然擋不住柯柯想念爸爸和媽媽的心情。

看著手上的相片，柯柯沈默不語。

「呼呼……」阿嬤在喝完烏龍茶後，在一旁睡著了，還一直打呼。

02　鄉下的新生活

「唉！」柯柯嘆了口氣，繼續看著照片。

*

「……，巴士……」阿嬤邊說台語邊牽著柯柯下車，另一手幫柯柯拖著行李。

「巴士……」柯柯聽得懂巴士兩字，其餘的都聽不懂。

火車站一出來，應該會有很熱鬧的街景才對。不！一點熱鬧的感覺都沒有！放眼望去，農田比房子還要多，綠意盎然的農田與遠處的山連結成爲一片綠色的景象。沒有速食店、沒有高樓百貨……這到底什麼世界啊！

「阿嬤……沒有便利商店嗎？」柯柯疑惑的問著阿嬤。

「蝦咪？柯柯哩共蝦咪？」阿嬤用不瞭解的表情看著柯柯。

柯柯搖搖頭，連語言都不通的地方就像是身在外國一樣……兩個人等了一下子，巴士來了，阿嬤投了錢和司機說了幾句話，牽著柯柯坐在位置上。

過了大約三十多分鐘，阿嬤又牽著柯柯下車。

眼前熱鬧許多！有著一間很大的廟，旁邊是熱鬧的商家市場。

阿嬤指著一個看起來像是廟的地方說著台語，能感覺的到阿嬤好像很高興。

柯柯跟著阿嬤，走到建築物內。裡面看起來香火鼎盛、中間的大廳有很大的桌子，桌上擺滿許多水果餅乾，而最裡面有很多很大的神像，莊嚴的端坐在裡面。

「這是我的金孫，柯柯啦！」阿嬤跟其他人介紹著。

其中有一位白髮蒼蒼的老人用台語問著柯柯。

柯柯看著老人，搖了搖頭，他聽不懂。

「我金孫不會說台語啦！他今年剛滿六歲。」阿嬤尷尬的笑一笑。

「是喔！我也不會說國語啊……」老人苦笑了一下，跟阿嬤寒暄幾句就走了。

阿嬤牽著柯柯走出去。

走出廟後，柯柯又跟阿嬤繼續走。離開了剛剛的地方後，慢慢的人潮又漸漸變少，四周出現很多矮房子跟農田。

「咦?……那是……牛?」

柯柯突然在一處農田旁邊看到了一頭牛，讓柯柯有點訝異。柯柯以前只有在動物園和電視上看過牛，說看過但印象很模糊，因爲柯柯都是躲得遠遠的看，現在突然路邊看到，讓柯柯有點害怕離得遠遠的。

02　鄉下的新生活

「嗯……」阿嬤看柯柯不太敢靠近，笑笑的對著柯柯說著台語。

柯柯搖搖頭，一臉疑惑的看著阿嬤。

「……柯柯，……阿嬤……。」阿嬤將柯柯的手握得更緊，從旁邊繞過去，牛靜靜的吃草，看了兩人一眼後繼續吃著。

阿嬤帶著柯柯繞過牛後，對柯柯笑笑的說著台語。

柯柯還是一直回頭看牛，深怕牛會突然靠近他們。

過沒多久，眼前出現一排老房子，阿嬤帶著柯柯走向其中一間。

「阿嬤……。」阿嬤用台語說完，推開門走進去。

「柯準！……柯準！」阿嬤對著家裡喊了幾聲後，對著柯柯招手。「柯柯……」

柯柯走進房子，這是一個很簡單的客廳，以前和爸爸還有媽媽來的時候都是在這邊圍著圓桌吃飯，大圓桌靜靜的放在角落，客廳正中間簡單地放著神像的神桌。

「柯準啊！……？」阿嬤又大聲用台語喊著，這時裡面傳來一個男生的聲音。

從裡面的房間，一個年紀大約十幾歲的男孩子走出來。男孩子睡眼惺忪的看著阿嬤後說著台語，接著看了一下柯柯，露出黃黃的牙齒笑著。

柯準笑了笑，用台語對著柯柯說話。柯準對柯柯的印象就是過年吃飯的時候，每次都很安靜的吃著飯，然後就走了……幾乎連話都沒說過。

柯柯聽柯準講台語，搖了搖頭。

「柯柯……。」阿嬤邊用台語說著，邊將行李放在椅子上。

柯準笑了笑，用國語跟柯柯說著：「你不會講台語喔？」

「對，我不會講台語。」柯柯聽男孩子用國語問他，趕緊用國語回答：「可是我會講英文，也會彈鋼琴。」

「是喔！可是我不會講英文，家裡也沒鋼琴耶！」柯準聳聳肩，笑笑的說著。

「喔……」柯柯覺得莫名的失望，來到這裡柯柯的優勢一點也發揮不出來。

柯準看著柯柯，問著：「我是柯準，你可以叫我小堂哥，我今年暑假過完要到我爸爸那裡上國中；你呢？」

「我叫克里斯，明年要上有名的雙語小學。」

「克里斯？」柯準楞了一下，立刻放聲大笑：「這什麼鳥名字？噗哈哈哈

02　鄉下的新生活

哈……」

「阿嬤！……克里斯啦！哈哈哈哈！」柯準當著柯柯的面，不客氣的大聲問著阿嬤。

阿嬤搖搖頭後把行李拿到後面房間，大聲的用台語回答柯準。

「哈哈哈……阿嬤說你的名字他沒辦法唸，叫你柯柯就好。克里斯？噗哈哈哈哈……這名字好鳥喔！」看柯準這樣笑，簡直像是把柯柯當笨蛋一樣！

柯柯簡直快氣炸了！他深深的吸了一口氣，想起老師教導自己要有禮貌……但是眼前的柯準實在太過沒禮貌了！

柯柯有些不高興的說著：「我的名字克里斯，是代表著智勇雙全、擁有榮譽的好名字……」

「柯準……！……！」阿嬤在裡面用台語喊著，口氣聽起來像在抱怨。

「喔！……」柯準完全不理會柯柯，跑到裡面房間去。

柯柯完全的不被柯準尊重，原本生氣的他瞬間覺得垂頭喪氣，看了看四周，又矮又舊的房子跟自己家完全不同。

「柯柯啊！來啦！」阿嬤從裡面房間走出來，招著手叫柯柯。

柯柯走進房間，發現小小的房間剛好分開成兩張單人床，一張在右邊，柯準正在整理他放在床上的漫畫書；另一張在左邊，旁邊放著柯柯的行李。

「柯柯……，柯準……。」阿嬤指著左邊的床，用台語跟柯柯說著。

柯柯搖搖頭，不懂阿嬤的意思。

「柯準！幫阿嬤跟柯柯解釋一下啦！」阿嬤催促著柯準。

「阿嬤說今天開始你睡左邊那張床啦！」柯準邊整理邊喊著。

「左邊……我沒有一個人的房間嗎？」柯柯驚訝的說著。

「隔壁是阿嬤的房間，接下來就沒有啦！」柯準沒什麼耐性的說著：「不然，最裡面有廁所跟廚房，看你要不要睡廁所……噗哈哈哈……」說完後，柯準又笑得超大聲！

這個小堂哥……才剛見面就連續惹惱柯柯兩次，實在太沒禮貌了！柯柯氣得臉都紅了，不斷的安慰自己「要有禮貌」、「要有禮貌」……

柯準轉頭看柯柯臉紅又發抖，緊咬著下嘴唇，不解的問著：「喂！你怎麼了？

02　鄉下的新生活

尿褲子了喔？廁所在後面，不要大便大在褲子上喔……大便小孩，噗哈哈哈哈！」

「你！你！」柯柯真的忍無可忍了……「你這個……Fool！You are fool！」柯柯氣得大聲指著柯準罵出來！

「啊？『呼喔』？」雖然柯準聽不懂，但看著柯柯生氣的樣子實在有趣！

「你那是大便在褲子上的聲音嗎？『呼喔』！噗噗噗噗……大便小孩大在褲子上了！噗哈哈哈哈！」柯準笑得肚子都痛了，躺在床上雙腳不斷踢著！

「喔！柯準……！……！」阿嬤邊將柯柯的衣服整理在衣櫥內，邊用台語唸了柯準幾句，聽起來像是在指責柯準。

「好啦……噗！大便小孩……哈哈哈……」柯準一想到，仍然小聲的笑出來。

柯柯實在一點辦法也沒有，坐在床上生悶氣。柯準也覺得鬧夠了，拿了漫畫開始看。

阿嬤走出房間似乎是到廚房去，柯準小聲的問著：「喂！柯柯，你要我照顧嗎？」

「照顧？」柯柯看了柯準一眼，不滿的說著：「不用，我自己會照顧自己。」

「好！那就等會見！」柯準說完，轉身穿起拖鞋一溜煙的跑掉了！

*

晚上吃完阿嬤煮的簡單飯菜後，柯柯嘆了一口氣，只不過一天而已，轉變卻那麼大。他拿起了帶過來自己和爸爸媽媽的合照，看著相片感覺非常孤獨。

「爸爸、媽媽……」堅強的柯柯，一直忍著不哭，照片內的爸爸和媽媽似乎很溫柔的叫著他。如果沒有來到這裡，也許柯柯現在應該和爸爸跟媽媽一起吃歐式自助餐吧！想到這裡，柯柯感覺眼眶一濕，似乎快要哭了出來。

「咕嚕嚕嚕……噗呼呼呼……」

睡在旁邊的柯準，打呼超大聲！柯柯翻過身瞪著柯準，柯準睡得超熟，棉被也被踢到地上，感覺就是睡得超舒服。這讓柯柯很不習慣！畢竟一直以來都是睡自己的房間，和別人一起睡是新的經驗，不過這個新的經驗不要也罷，真是爛透了！

柯柯反覆的翻身，除了聽著柯準的打呼聲外，也聽著電風扇的聲音，接著外面似乎有蟲叫的聲音，這是柯柯第一次覺得晚上吵得睡不著覺。

真想回家！阿嬤家真是爛透了！

03. 難道是外星人

「柯柯！柯柯！……！」

阿嬤對著還在床上的柯柯喊著，但是柯柯因爲前一晚睡的不好，似乎還沒辦法起來。

柯柯睡得正熟，夢中的他正享受著好吃的歐式自助餐，並且爸爸媽媽還幫柯柯倒紅茶，一切都是這麼的美好，這麼的令人高興。

突然柯柯感覺被踢了一腳！

「小屁孩！該起來嘍！」

柯柯邊聽到有人叫他又踢他，睡眼惺忪的睜開眼睛，是柯準一臉賊笑的望著他。

柯準不懷好意的笑著：「小屁孩，昨天沒有尿床吧？我可不要跟尿尿小孩一起睡喔！」柯準邊說，邊挖著鼻孔。

柯柯聽到柯準這樣講，不高興的說著：「我沒有尿床，ＯＫ？」

「ＯＫ！ＯＫ！那準備吃飯了喔！你的牙刷和毛巾阿嬤都幫你拿去放在浴室了！」柯準邊笑邊跑出去房間。

03　難道是外星人

感覺真是糟透了！一個晚上都沒睡好，一起床還要聽柯準這樣說自己！更過份的是，還用踢的叫自己起床！柯柯邊拿起牙刷，邊擠上牙膏。

連牙膏都要共用……這是長期一個人擁有臥房和浴室的柯柯所無法想像的……柯柯邊刷牙邊看著鏡子中的自己，一臉倦容加上心情不好的自己，看起來還真是狼狽啊！

坐到飯桌前，看到桌上的早餐……柯柯心想這、這是什麼！只有一鍋看起來超級燙的稀飯，還有幾片醬瓜之類的東西，旁邊還有看起來極度不好吃的肉鬆！

柯柯不解的問著：「這個……有比較正式的法式土司，或是美式早餐的荷包蛋或培根嗎？我早上吃熱稀飯我吃不習慣。」

「啊？法式土司？培根？」柯準啼笑皆非的說著：「阿嬤這邊都是吃稀飯當早餐啦！」

一想起昨天晚上吃的是一些青菜配上醬瓜，柯柯原本以爲因爲阿嬤晚上吃比較少，所以才會吃得那麼樸素，現在看來，似乎早中晚都會是醬瓜、醬瓜……

「這個……」柯柯嘆了一口氣。「我比較想吃西式早餐……至少來個荷包蛋吧……」

「蛋喔！等等喔！」柯準說完用台語喊著：「阿嬤！柯柯說要吃蛋啦！」

阿嬤從廚房出來，給了柯柯一個蛋。

柯柯看好像是水煮蛋，能吃就好，也沒再說什麼，動手剝掉冰冰的殼後，咬了一口。

「好鹹！」柯柯忍不住叫了出來！

「哎唷！……」聽阿嬤的口氣，像是又心疼又好笑。

「哈哈哈……被鹹鴨蛋鹹到哭出來！哈哈哈！」柯準又指著柯柯笑得超誇張！

「我沒有哭！」柯柯皺著眉頭，看著手上被自己咬一口的蛋說：「鹹鴨蛋……我好像第一次吃到。」

阿嬤指著稀飯對著柯柯說台語。

雖然聽不懂，但是柯柯看阿嬤指著稀飯也大概懂意思。阿嬤給柯柯盛了半碗熱稀飯，讓柯柯邊吹氣邊吃。

03　難道是外星人

「我吃飽了！」柯準一說完，正打算跑出去！

阿嬤叫住柯準，似乎在叮嚀什麼事情，柯準點頭回答著。

阿嬤還是很擔心的叮嚀著柯準，柯準不耐煩的回了一句後跑到外面去了。

「……柯柯……阿嬤……望天宮。」阿嬤邊喝稀飯邊對柯柯說著。

「望天宮……」柯柯慢慢記住阿嬤說的幾個單字，望天宮這兩天已經聽到阿嬤說了好幾次……望天宮，那是昨天去的廟嗎？有什麼特別的嗎？

＊

阿嬤帶著柯柯，又經過了有牛的地方，今天路上牛似乎不在。

「牛……牛呢？」柯柯怕怕的問著，有點不敢靠近。

「柯柯……阿嬤……」阿嬤看柯柯不敢靠近，趕緊安撫柯柯。

柯柯雖然聽不懂，不過也和阿嬤順利的走過去。過不了多久，柯柯和阿嬤來到了望天宮前面的市場，廟口市場前面很熱鬧，到處都有人在買賣東西。

走沒幾步路，有兩個人過來跟阿嬤攀談。

一個男的手上拿著香腸，另一個男的……厚厚的黑框眼鏡，配上圓圓的身材，看起來很像一隻……熊貓？

兩個男的和阿嬤說話，接著拿香腸的男子給了柯柯一根香腸。

「……」拿香腸給柯柯的男子用台語說著，看起來像是在打招呼。柯柯接下香腸，搖搖頭，台語真的聽不懂！

阿嬤對著拿香腸的男子解釋，男子點點頭，似乎知道了什麼事情。

長得像熊貓的男子，用國語對著柯柯說：「你好，我是沈主委，你可以叫我主委伯伯，你叫什麼名字呢？」

柯柯一聽熊貓男子用國語說話，也回答著：「您好，我叫克里斯……可是阿嬤都叫我柯柯。」

「哈哈，柯柯嗎？真是好名字。」沈主委伯伯笑笑的說著：「這香腸是香腸伯要給你吃的，他因爲都在這裡賣香腸，所以大家都叫他香腸伯。」

「喔……香腸伯謝謝。」柯柯禮貌的道謝。

「哈哈，不用客氣。」香腸伯也笑笑的回禮。

沈主委伯伯說著：「柯柯，如果有什麼問題都可以來跟主委伯伯說喔！」邊說

03 難道是外星人

邊笑著摸柯柯的頭。

柯柯稍微避開了一下，柯柯並不喜歡有人摸他的頭。

沈主委伯伯笑笑的跟阿嬤寒暄幾句，就和香腸伯一起離開。

「……柯柯。」阿嬤邊跟柯柯說，邊牽著手帶柯柯進去廟內。

這座廟就是望天宮吧？柯柯環顧著四周。

望天宮柯柯昨天來了一次，今天來還是一樣熱鬧滾滾的。望天宮進去後有一小塊廣場，再往內走進去莊嚴的神像就坐在裡面，望天宮內一直都有人點著香祈福拜拜著。

柯柯以前有稍微在電視上看過廟的介紹，知道這是祭拜的地方，點燃的香是用來祭祀神明祈求平安的。

阿嬤帶著柯柯到了一間辦公室後，阿嬤就開始忙著跟其他人說話介紹柯柯，後來阿嬤開始也拿著一些資料在查閱著。

柯柯感到有點無趣，原本在位置上拿著紙塗鴉，接著在附近晃來晃去。

到了中午，阿嬤拿了便當給柯柯吃，看上去也都是青菜和豆腐之類的素食，柯柯吃著便當，感覺很沒有意思。

吃完飯的柯柯，慢慢的趴在位置上睡著了……

一陣吵鬧聲，把柯柯給吵醒。

柯柯抬起頭，發現有幾個人圍著阿嬤說話，但是說什麼柯柯聽不太懂。接著阿嬤收拾了一下東西，想要跟著其他人一起離開。

柯柯看阿嬤要離開，也趕緊要跟著去。

阿嬤這一次反而不讓柯柯跟，柯柯原本也要過去，又被阿嬤輕輕的推進原來的辦公室，不讓柯柯跟過來。

「阿嬤？」柯柯不瞭解的問著。

阿嬤看著柯柯用台語解釋，接著和一群人一起匆忙的離開。

「……在忙什麼呢？」柯柯轉過頭來看著辦公室，除了柯柯之外，幾乎沒什麼人在辦公室了。

柯柯無趣的看著辦公室，坐在位置上嘆了一口氣。

「好無聊喔……」柯柯又開始塗鴉，畫著樹和房子，白雲也從房子上方飄

03　難道是外星人

過……雖然畫上面充滿著自由的感覺，實際上柯柯心裡卻充滿著孤單。

「爸爸……媽媽……」柯柯感覺寂寞極了。

「救命啊……」遠處有一個女人叫著。

柯柯瞬間緊張了起來！因爲那個女人的叫聲是用國語喊的！這讓柯柯特別的介意。

「發生了什麼事嗎？」柯柯自言自語的看著門外。

安靜了一下子，柯柯一直看著門外，似乎沒有人再呼救了。

「沒事了吧？是我聽錯了嗎？」柯柯看沒事了，鬆了一口氣。

「救命啊……啊啊……！」

這次的聲音更近！柯柯這次清楚的聽到了！是一個女人的喊叫聲，讓柯柯感覺到毛骨悚然。柯柯非常害怕得發抖著，但是好奇的心讓柯柯鼓起勇氣，慢慢的走到了門口。

門口安安靜靜的，雖然神明那裡還是很多人一樣在燒香祈禱著，但是沒什麼人發現有任何異狀。過了不久，又傳出了微弱的呼救聲！

「不要！救命啊……」聲音似乎是裡面的房間傳來的，柯柯慢慢的走過去……柯柯從門縫旁邊往裡面看，裡面的情景讓柯柯大吃一驚！裡面有一個女人，女人的旁邊圍繞著幾個人抓著那個女人。柯柯也看到阿嬤在旁邊，跟其他穿廟裡衣服的人在唸著奇怪的語言，唸著唸著，原本掙扎的女人慢慢安靜下來，阿嬤唸了一段時間後，女人竟然恢復了平穩，站起身用台語說著話。

到底怎麼回事？是發生了什麼事情？爲什麼會這樣？

柯柯看有人要走出來，緊張的跑回原來的辦公室……

*

過了幾天，柯柯慢慢習慣了跟阿嬤到望天宮的生活。阿嬤有時候在辦公室跟許多人拿著一小張紙說話；下午會固定跟著一群廟內的人唸著不同於台語的語言……這些事情都讓柯柯十分的不解。

在來到了阿嬤家的第五天晚上，柯柯看著電視節目。這幾天晚上幾乎都是柯準霸佔著電視，看著帥氣的主角和外星人戰鬥的動畫。這天因爲柯準還沒回來，所以柯柯打開了電視看著，電視上出現了主持人和一些穿著西裝的來賓在說話的談話節

03　難道是外星人

目。

「主持人，我跟你說，這世界上是有外星人的。」一個戴著眼鏡像學者的西裝男子對主持人說。

「真的嗎？你說有外星人？真的存在嗎？」主持人好奇的問。

「我跟你說，真的存在。在美國史上有許多外星人出現的資料，一般大眾是不曉得的，就連美國總統也和外星人有協定，這些都透過了一些當年的祕密證人證實出來……」

來賓拿出許多照片、文件，說明著外星人曾經來的證據……柯柯看得目瞪口呆。

「從天而降的外星人，或許也有可能控制人的心智，這些事情至今仍然被美國政府隱瞞著……」

「你在看什麼啊？」旁邊傳來了柯準的聲音。

「哇！」柯柯嚇了一跳，轉過頭來看到玩得全身髒兮兮的柯準。

柯準看了一下電視，說：「喔！在看外星人啊！」感覺非常的不在乎。

「小堂哥……我問你，真的有外星人嗎？」柯柯突然問著柯準。

柯準看著柯柯這樣認真的樣子，不懷好意的笑著：「有啊！當然有外星人！外星人還會綁架人咧！」

「綁架？」柯柯不解的問著。

「外星人的綁架就是啊……」柯準強忍著笑意。「把牛啊！豬啊！或是把像你這樣子的小屁孩抓去，把血吸光！或是把人洗腦也變成外星人！」

「你、你胡說！」柯柯對柯準這樣的說詞，非常的不願意相信！

「不要不相信！你看看電視都這樣說了啊！外星人很快就會侵入地球了喔！」柯準突然用很嚴肅的表情對柯柯說。

「我……我前幾天有看到，有人被帶去望天宮內……阿嬤他們唸了很多奇怪的話，那個人就突然恢復了正常，用台語和阿嬤交談。」柯柯很認真的說著。

「喔？……那個人原本有說什麼嗎？」柯準問著。

「她……那個女人原本用國語呼救，後來阿嬤他們唸完後就用台語對談了。」

柯準很認真的看著柯柯說：「那就沒錯了……一定是外星人，一定是外星人利

03　難道是外星人

用神祕的力量控制了那個女人。」柯準故意用陰森的語氣說著。

「你騙人！望天宮內是神明，怎麼可能是外星人！」柯柯抗議著。

「是嗎?那你跟我說，神明在哪裡啊？」柯準雙手交叉放在胸前問著。

「天上……爸爸媽媽有跟我說，神明都在天上……」柯柯回答著。

「那就對了……」柯準故意把臉靠近柯柯。「神明……就是外星人喔！會把像你這樣的小孩子，洗腦吃掉喔！」

「你騙人！你騙人！」柯柯生氣的喊著：「那你怎麼沒被洗腦吃掉！」

「我啊？」柯準邊挖著鼻孔，邊說著：「因爲我從小就住這裡，所以我不會被洗腦吃掉啊！可是你不一樣，小心被外星人抓走喔！」

「外星人……」柯柯雖然不願意相信，但是看著電視這樣信誓旦旦的說明和證據，讓柯柯全身毛細孔都張開了！

「主持人！不要說你不信！連我都不敢相信！但是你看看這麼多證據，恐怕全世界都不得不相信了喔……」

電視上的諸多證明和柯準的話，讓柯柯陷入了混亂……

04.

隔壁小女孩

「柯柯啊……阿嬤……望天宮……?」阿嬤無奈的對著柯柯說。

今天柯柯不論怎麼樣，都不願意一起去望天宮，柯柯就這樣坐在椅子上，看著阿嬤猛搖頭。

「我不要去望天宮！」柯柯對著阿嬤說，阿嬤一提到望天宮，柯柯就搖頭。

阿嬤嘆了一口氣，用台語對柯準交待著。

「咦?要我照顧柯柯喔……」柯準看了一眼柯柯，無精打采的說著。

阿嬤又叮嚀了幾句，說完後就走到門邊，又用台語叮嚀柯準幾句後就出去了。

柯準看看柯柯，好奇的問：「你怎麼不去望天宮？」

「……我不想去。」柯柯回答。

「喔！」柯準問完，又繼續看漫畫。

到了中午，阿嬤帶了便當回來，似乎一樣還是叮嚀著柯準要照顧柯柯，吃完飯後阿嬤就又去了望天宮。

「柯柯，……阿嬤……望天宮?」阿嬤離開前還是問著。

柯柯搖了搖頭，還是不願意去。中午過後，柯柯和柯準無聊的對看了一下。

04 隔壁小女孩

「柯柯，你一個人會不會哭？」柯準問柯柯。

「不會哭，爲什麼要哭？」柯柯不解的問著柯準。

「那太好了！我出去辦一下事情！你不要哭啊！」

柯準又一溜煙，跑到了外面去了。

「什麼啊……又跑掉了。」柯柯抱怨著。

這天的天氣非常晴朗，柯柯就坐在門旁邊看著天空。天空上的白雲這樣飄過去，這麼漂亮的地方要被外星人佔領了嗎？想到這裡柯柯皺了一下眉頭，真希望能快點回到爸爸和媽媽身邊，就不用擔心外星人來了。

突然，旁邊有個小女孩在隔壁門邊看著柯柯，柯柯看了一眼，並不太想理會。

小女孩說了一句台語，柯柯轉過頭看，小女孩似乎是對著他說台語。

「我聽不懂台語啦……」柯柯無奈的說，又繼續看著天空。

「你是誰……在看什麼呢？」小女孩用國語說著。

一聽是國語，柯柯轉過頭去看著小女孩說：「咦？妳會說國語？」

「嗯……我會說國語……你是誰呢？在看什麼呢？」小女孩小心翼翼的問著。

「嗯！叫我柯柯就好。也沒看什麼啦！就是看天空而已。」原本想介紹自己叫克里斯，但是來到這裡大家都叫自己柯柯，那就叫柯柯吧……柯柯無奈的想著。

「我是嘉嘉……我以前沒有看過你耶……」小女孩問著，邊問邊躲在門後面。

「我是暑假來跟阿嬤住，我的阿嬤叫林美麗。」

「林美麗阿嬤……啊！我知道……原來你是林美麗阿嬤的孫子呀……」小女孩抱著手上的小熊玩偶，慢慢的從門口走出來。

柯柯仔細看了眼前叫作嘉嘉的小女孩，穿著可愛的簡單洋裝，頭上也有著非常可愛的蝴蝶結，看起來和自己年紀差不多……是個非常可愛的小女孩。

「你一個人……在做什麼呢？」嘉嘉問著。

「沒做什麼啊！就只是看著天空，如果外星人出現，我可以馬上知道。」柯柯看著天空回答。

嘉嘉露出困惑的表情問：「外星人？」

「對，外星人。我們地球很早就被外星人盯上了，甚至我強烈懷疑，這裡很早就變成外星人的侵略基地。」柯柯將自己這幾天觀察到的事情，一五一十的告訴嘉

04　隔壁小女孩

嘉。

嘉嘉聽得非常認真，問著柯柯：「你真的認爲，外星人會侵略地球嗎？」

柯柯點點頭說：「會，而且很多人都有可能被洗腦了。」

柯柯站起身來，看著嘉嘉。這幾天來，懂國語又認真聽柯柯說話的，就只有嘉嘉了，這讓柯柯非常高興！

柯柯伸出手，對著嘉嘉說：「如果可以，我希望能夠調查清楚外星人的事情，妳願意幫助我嗎？」

嘉嘉張大眼睛看著柯柯，看柯柯伸出手，嘉嘉點了點頭。

「好……我幫你調查……我也不希望外星人侵略我們住的地方……」

兩人在這一天，正式成爲朋友。

附近有著許多農田和小山坡，嘉嘉帶著柯柯到處晃。嘉嘉敢徒手抓蚯蚓，讓柯柯非常的訝異；柯柯對於一切都很好奇，也會主動保護嘉嘉，這讓嘉嘉也十分感動。

不要怕，我一定會保護妳的。

冒險的世界就在眼前
只要有勇氣就能持續向前
每天的雲彩變化萬千
只想和你守護世界
無懼的努力
和你在一起只願擁有你的微笑
無懼的冒險
在這星空下只願分享你的快樂
和你一起什麼都能作到
夢想的天空就是我們的世界
和你一起什麼都能作到
美麗的未來就是我們的世界

「小心，這裡的石頭比較多，不要跌倒了。」柯柯主動伸出手，牽著嘉嘉。

「嗯！」嘉嘉點了點頭，牽著柯柯一起爬上小山坡。

小山坡上可以看到農田、矮房子，非常的漂亮。柯柯看著這樣的風景，感到十分的愉快。

「柯柯，我還沒跟你介紹，這是我的小熊朋友小吉。」

嘉嘉指著手上抱著的娃娃。那是一隻小熊造型的玩偶，嘉嘉總是一直抱著玩偶到處跑。

「原來有名字，小吉你好，這裡的人都叫我柯柯。」柯柯伸出手，和小熊玩偶握手。

「哈哈……柯柯謝謝你，你是第一個跟他握手的朋友唷！」嘉嘉笑笑的說。

柯柯點了點頭後說：「嗯！小吉是妳以前到現在的朋友嗎？」

「是呀……小吉是爸爸送給我的朋友。」

「嘉嘉的爸爸嗎？那現在呢？嘉嘉是跟爸爸媽媽一起住我阿嬤家隔壁嗎？」柯柯邊看著小吉，邊問著。

04　隔壁小女孩

嘉嘉沒有回答，接著指著遠遠的農田說：「你看！那個是隔壁水稻伯養的牛唷！」

「牛？」柯柯看過去，發現是之前來的時候看到的牛。

「是呀！我記得水稻伯還有幫他取名字呢！我記得水稻伯都叫牠大牛。」嘉嘉邊說，邊指著牛。

「原來牠叫大牛啊……」柯柯遠遠的看著，就不會感覺可怕了。

兩人一直玩到黃昏，才一起手牽手走回去。

「那個……明天還可以一起玩嗎？」嘉嘉有點害羞的問。

「當然嘍！明天也要麻煩妳陪我調查了。」柯柯對嘉嘉點點頭。

「好！」嘉嘉非常的開心，滿臉笑容。「那麼，再見嘍……」

「再見。」柯柯說完後，回到了阿嬤家自己和柯準的房間。

家裡沒有開燈暗暗的，柯柯將燈打開後看著電視，過不久柯準跑回來了。

「喔！柯柯，你都在家嗎？」柯準問著。

「是啊！」柯柯完全不想告訴柯準他今天和嘉嘉碰面的事情。

柯準帶著嘲弄的表情說：「喔！一個人沒有哭喔？」

「沒有。」柯柯完全不想理會。

到了晚上，阿嬤回來爲兩人準備晚餐，一樣都是用台語問柯準柯柯的狀況，柯柯雖然聽不懂，但也因爲不想說太多，就沒說出柯準和自己出去的事情。柯柯和柯準看著電視節目，一樣還是那個帥氣的動畫主角和外星人戰鬥的故事。

『什麼？你這個外星戰鬥民族下等戰士，竟然有這樣的戰鬥力？』

『我是地球人！我要爲了地球人而戰！』

「帥耶！打倒那傢伙吧！」柯準興奮的喊著！

柯柯看了柯準一眼，感覺這個小堂哥真是幼稚。阿嬤做好飯菜後，叫兩人吃飯。

柯柯看了一眼今天的晚餐，還是一樣一堆蔬菜和醬瓜，似乎沒什麼肉和魚，不過倒是多了荷包蛋，雖然飯菜簡單，但是吃了幾天柯柯也慢慢習慣了。

晚上洗了澡後，柯柯又到外面去看月亮，這時阿嬤走過來說了幾句話，柯柯搖搖頭，阿嬤又走到房間拿了一件薄外套給柯柯穿著，說了幾句話後，阿嬤就回房間

04　隔壁小女孩

睡覺了。

柯柯一個人在外面看著月亮，想著爸爸媽媽是不是在外國還好呢？

「柯柯。」突然旁邊有人叫著柯柯的名字，柯柯轉過頭去發現是嘉嘉。

「柯柯……還沒睡嗎？」嘉嘉問著。

嘉嘉換穿上可愛的睡衣，頭上的蝴蝶結拿下來了，但是手上還是抱著小吉。

「還沒睡……嘉嘉妳怎麼也還沒睡呢？」柯柯反問嘉嘉。

嘉嘉坐到柯柯身邊，說：「還沒呀……因爲我媽媽又和我阿嬤在吵架……所以我被吵得睡不著才出來看月亮的。」

「吵架？爲什麼？」柯柯問。

嘉嘉沒有回答，只是抬頭看著月亮。

「我跟妳說喔！阿姆斯壯曾經登陸月球。」柯柯用手指著月亮說。

嘉嘉趕緊把柯柯的手移開，緊張的說：「不可以用手指月亮，會被月亮割耳朵喔！」

「是喔……」柯柯聽嘉嘉這樣說，趕緊把手縮回來。

嘉嘉又問：「阿姆斯壯是誰呢？他跑到月球去了嗎？」

「是啊……我也是聽我爸爸說的。阿姆斯壯是美國的太空人，也是第一個登陸月球的地球人唷……」

柯柯在月亮下和嘉嘉說著月亮的故事，嘉嘉的出現讓柯柯感覺到，來到阿嬤家也是會有很多有趣的事情發生的。不論是農田或是小山坡，有了嘉嘉陪伴都有趣很多；當然，若是沒有可怕的外星人，會更加完美。

月亮下，兩個小小孩的友情誕生了。

05.
望天宮冒險

「柯柯！快一點！你爸爸從國外打電話來啦！」一大早，柯準對著柯柯大喊。

「……爸爸？」原本還迷迷糊糊的柯柯，瞬間張開眼睛，衝到客廳的電話前。

柯準拿著電話筒給柯柯：「拿去吧！」

柯柯接起電話，聽到了爸爸的聲音：「哈囉！克里斯嗎？」

「爸爸！」柯柯喜出望外！是爸爸的聲音！

「克里斯！你還好嗎？有聽阿嬤的話嗎？」柯柯的爸爸這樣問著。

「嗯……我有聽阿嬤的話。那爸爸和媽媽呢？在美國順利嗎？」柯柯問。

「還順利啦……接下來我和你媽媽都要到其他國家去作考察，你要乖乖聽阿嬤的話。等等，你媽媽要和你說話……」

柯柯高興的和爸爸媽媽談話，連續好幾天沒聽到爸爸媽媽的聲音，這通電話讓柯柯感到非常欣慰，有一種很感動的感覺讓柯柯忍不住眼眶泛著眼淚。說完掛上電話後，柯柯用手擦了一下眼角，心想克里斯是小大人，不能隨便哭。

「幹嘛？你哭了喔？」柯準邊挖著鼻孔，邊看著柯柯。

「沒有哭。你怎麼一直說我有哭啊……」柯柯不滿的抱怨著。

05 望天宮冒險

「沒有啊……如果你有哭，我就可以笑你是愛哭鬼。哈哈哈哈……」柯準又一副討厭的表情笑著。

柯柯嘆了一口氣，這個小堂哥每次都在開一些莫名其妙的玩笑，柯柯也慢慢習慣了。

「對啦！今天阿嬤很忙，中午要我帶你去廟口吃中飯，可是……」柯準邊說邊從皮包拿出錢，交給柯柯。

「可是要帶你吃午飯太麻煩了，你就自己隨便吃吧！哈哈！」柯準拿錢給柯柯後，又準備要跑出去。

「那……阿嬤什麼時候回來？」柯柯問柯準。

柯準已經跑到門口，邊開門邊說：「晚上吧！晚餐前阿嬤會回來就是了。」說完又一溜煙跑掉了。

柯柯一個人看著桌上的醬瓜和稀飯，今天的早餐還是一如往常的都是醬瓜。

*

「小吉，這個早餐給你吃唷！」

嘉嘉和柯柯在小山坡玩扮家家酒，拿了一些草和石頭當作料理放在小吉面前。

「來，小吉，叫爸爸吃飯囉！」嘉嘉拿起小吉，用小吉慢慢靠近柯柯。

「柯柯爸爸，嘉嘉媽媽叫你吃飯了唷！」嘉嘉用娃娃聲音，叫著柯柯，順便用小吉的手輕輕碰觸柯柯。

「是啊……該吃飯了。」柯柯笑笑的對著小吉和嘉嘉笑一笑。

柯柯這幾天陪著嘉嘉到處跑，但是更多的時間嘉嘉更喜歡和柯柯玩扮家家酒，每一次都是嘉嘉當媽媽，柯柯當爸爸，小吉一直都是客串兩人的孩子。

柯柯突然問道：「嘉嘉，望天宮前面不是有個市場嗎？」

「嗯！對呀！我們都把那邊叫廟口。」嘉嘉邊說，邊把草放在小吉面前，作出小吉正在吃草的樣子。

「等等可以陪我去嗎？我也想要到那邊去調查看看。」這幾天都是在農田或是家裡附近小山坡附近晃來晃去，柯柯想要知道更多外星人的祕密。

「可是……」嘉嘉放下小吉，似乎不太願意的樣子。

「嘉嘉不想去嗎？」柯柯看嘉嘉不太願意，感覺很奇怪。

05 望天宮冒險

「那邊……人很多……我會怕……」嘉嘉低著頭，小聲的說著。

柯柯看嘉嘉這樣，安慰著嘉嘉：「不要怕！有我在，我會保護妳的。」

「真的嗎？」嘉嘉用看起來快哭出來的樣子看著柯柯。

柯柯點了點頭保證：「真的，我會保護妳。」

兩人收拾了一下，嘉嘉把小吉抱得緊緊的，跟著柯柯一起出發到廟口；柯柯也將嘉嘉的手握得緊緊的。

廟口人聲鼎沸，除了上一次香腸伯請吃香腸後，柯柯就沒有再來過廟口吃東西，這一次和嘉嘉來，才發現廟口的市場真的很大。

「唔！這個廟口市場好大。」柯柯說。

「嗯……對呀……」嘉嘉邊說，邊躲在柯柯背後。

「不用怕，我牽著妳。」柯柯說完，又牽著嘉嘉。

兩人在廟口市場環繞了一圈，裡面有各種各樣的攤販，除了有賣各種熟食的攤販外，也有一些賣雞鴨魚肉的攤子。

「啊……好多雞。」

柯柯看到眼前有攤位在賣雞，好奇的看了一下。這時有人跟賣雞的說幾句話，賣雞的人抓起一隻雞，拿起刀在雞脖子上一劃！

「哇！」看到這樣的畫面，柯柯極度震驚！嘉嘉也躲到柯柯後面發抖著。

柯柯牽起嘉嘉說：「走吧！沒什麼好看的，我們離開這裡。」

「嗯……」嘉嘉點點頭，一手抓著小吉，一手緊緊牽著柯柯。

兩人晃呀晃，柯柯牽著嘉嘉走到望天宮前面的大樹下。這棵大樹看起來歷史悠久，似乎很久以前就在這裡了。柯柯牽著嘉嘉坐下來，看著望天宮和廟口市場；夏天的氣溫慢慢的升高，這樣跑來跑去，兩人似乎也累了。

白雲從頭上飄過，天氣特別的好。

「我們去吃點東西或喝點東西吧！」柯柯說。

「可是……我沒有錢……」嘉嘉低下頭說。

「沒關係，我這裡有午餐錢，我們一起吃一點吧！」柯柯轉過頭問嘉嘉：「有特別想吃什麼嗎？」

嘉嘉搖搖頭說：「天氣很熱，吃不太下東西。」

05　望天宮冒險

「這樣啊……那有可以消暑，又能吃得飽的東西嗎？」

「那麼……愛玉冰好嗎？我以前有吃過，覺得很好吃。」嘉嘉指著廟口那邊賣愛玉冰的攤子。

「好，我們走吧！」柯柯牽起嘉嘉，一起往愛玉冰的攤子過去。

「啊！我不會說台語耶！」柯柯突然想起，對嘉嘉說。

「沒關係，我來買。」嘉嘉小聲的說著。

柯柯說：「等等我們吃完，到望天宮看看。」

「好。」嘉嘉點點頭。

兩人來到愛玉冰攤位前面，嘉嘉緊張的對賣愛玉冰的阿姨說著台語，幾句問答之後，柯柯把錢給了嘉嘉，嘉嘉付錢拿了一碗愛玉冰就跟著柯柯跑回大樹下。

兩人打開了愛玉冰的蓋子，拿起了湯匙開始吃。

「冰冰的蠻好吃，我喜歡這種淡淡的檸檬味。」柯柯吃了一口，笑笑的說著。

「對吧……有時候我媽媽會買給我吃。」嘉嘉也吃了一口愛玉冰，滿臉笑容。

柯柯又吃了一口，說：「吃起來很像果凍，我印象中很少吃到。」

「那你都吃些什麼呢？」嘉嘉邊吃邊問著。

「嗯……都是吃果凍或是布丁，愛玉冰可能是第一次吃到。」柯柯努力回想著，似乎只有在路上看過沒有實際吃過。

兩人吃完後，在大樹下吹著風，這種涼快又舒服的感覺，讓柯柯發自內心露出了笑容。柯柯看向嘉嘉，一直以來都沒朋友的柯柯，竟然會在這樣的鄉下認識了一個朋友，讓柯柯感到真是不可思議。

柯柯牽起嘉嘉的手說：「走吧！我們去望天宮調查看看。」

「真的要去嗎？」嘉嘉害怕的問著，手上緊緊的抱著小吉。

「走吧！」兩人快速的跑進望天宮。

望天宮還是跟之前柯柯來的時候一樣，充滿著來祈求平安的人們。柯柯和嘉嘉到處看，也特別到了之前阿嬤在的辦公室看看，阿嬤似乎不在辦公室內。

「阿嬤不在辦公室內……」柯柯自言自語的說著。

「會不會是中午去吃飯了呢？」嘉嘉問。

「有可能吧……不過沒關係，我本來就不是來找阿嬤的。我想趁現在好好調查

05　望天宮冒險

望天宮。」柯柯牽著嘉嘉，往望天宮內更裡面的各種地方走去。

「觀自在菩薩，行深般若波羅蜜多時。這句話是說……」

裡面也有像教室的地方，正在講解著各種經文。嘉嘉和柯柯看了很多個地方，似乎沒有發現什麼樣的線索。這時候柯柯仔細一看，來到了之前看到奇怪女人的房間前面。房間內暗暗的，沒有人在裡面。

「我上次就是在這邊看到一個女人在呼救。」柯柯推了一下門，似乎沒有鎖。

「要進去嗎……我怕……」嘉嘉怕得躲在柯柯後面，看起來又快要哭出來了。

「別怕，我會保護妳。」柯柯牽著嘉嘉，走進那間房間。

房間內看起來沒有什麼特別的，跟其他房間一樣也有很多張桌椅，柯柯到處看了一下，發現了角落貼了一張很大張又奇怪的圖。

柯柯走到那張圖前面，驚訝的喊著：「這是?!」

圖內繪製了很多青面獠牙的人，正在處罰著人類，到處都是骨頭和受難的人，有的人舌頭被拔出來，有的人被插在刀山上！

「嗚嗚！好可怕……」嘉嘉躲在柯柯後面，已經開始啜泣了。

「這個圖……上面的人看起來都不像地球人……莫非？」柯柯仔細的看了看，有些畫面看起來毛骨悚然，柯柯看了也一直發抖。

「一定是外星人……外星人侵略地球後，要這樣殺死人類！」柯柯似乎有了答案，轉身牽住嘉嘉的手。

「不要哭，我們趕快離開！」兩人跑出那間房間，這下終於知道外星人的目的！

經過辦公室時，柯柯看到阿嬤正和一位年輕綁著雙馬尾的女孩子說話，柯柯刻意避開兩人，和嘉嘉一起離開了望天宮。

在小山坡上，柯柯一直安慰著不停啜泣的嘉嘉。

「嗚嗚……我不要外星人來殺掉我們……」嘉嘉一直哭，她被那張外星人殺地球人的圖嚇到了。

「別哭，我一定會保護妳的。」柯柯安慰著嘉嘉。

嘉嘉抬起頭來看著柯柯，邊哭邊說著：「怎麼保護……外星人一來我們就要被殺光了……」嘉嘉兩顆水汪汪的大眼睛，眼淚就像氾濫了一樣一直流。

05　望天宮冒險

「放心，總是有辦法的。」柯柯想了一下，說：「首先我們不能讓大人知道我們已經知道外星人的陰謀，要裝作不知道的樣子。」

「不知道？」嘉嘉邊哭邊問著。

「對，裝作不知道。然後，我再調查怎麼不讓外星人來的辦法。」柯柯堅定的說著。現在的他知道外星人來到地球的計畫，爸爸媽媽不在，只有他可以阻止外星人的侵略！

柯柯安慰著嘉嘉：「別哭了，我一定會想辦法阻止外星人的。」

嘉嘉抬起頭來，看著柯柯有自信的表情，也停止了哭泣。

「真的唷……要答應保護我和小吉還有我的家人……」

「妳放心，一定的！」

柯柯看著嘉嘉，內心暗自下決定，一定要成功的阻止外星人！

晚上，柯柯又回到了阿嬤家裡，過了沒多久，柯準也跑回來了。

柯準看到柯柯，又笑笑的問著：「喔！柯柯，你今天有沒有……」

「我沒有哭。」柯柯不等柯準說完，直接回答。

「喔！真可惜。」柯準邊不懷好意的笑著，邊挖著鼻孔。

柯柯想了一下，問了柯準：「小堂哥，你相不相信有外星人要來侵略地球？」

「喔？」柯準挖了挖鼻孔後說：「之前不是就說有外星人了嗎？你忘記啦？外星人專門抓你這種小孩子去吸血吃腦漿。」

「……那要怎麼阻止外星人侵略？」

「阻止喔……不然你哭一哭好了，搞不好外星人就先抓你一個去吃掉，就不會侵略地球了。」柯準一臉嘲笑的樣子，把鼻屎亂彈到地上。

柯柯聽到柯準這樣的回答，真是又好氣又好笑！每天都要等自己哭，一天要問「哭了嗎？」好幾次，柯柯已經氣得一點反駁的力氣都沒有了。

不過經過這幾天的觀察，似乎去望天宮內的小孩比較少，都是大人居多。莫非是要等到小孩子長大變成大人，才會進行洗腦或是侵略嗎？

這時阿嬤大聲的喊著，已經回到家的阿嬤用台語問著柯準。

柯準問著：「柯柯，阿嬤問你今天吃什麼？」

「喔……我今天吃愛玉冰。」柯柯老實的回答。

05 望天宮冒險

阿嬤點點頭，說了一些台語後又進去開始煮飯燒菜，看著阿嬤提進去的菜，好像有茄子之類的蔬菜。

一直保持著鎮定的柯柯，等到阿嬤睡著後，又跑到後門去，果然在後門遇到了嘉嘉。嘉嘉也是像之前那樣穿著睡衣，頭上沒有綁蝴蝶結。

柯柯小聲的說：「我認爲外星人只會對大人洗腦，沒有辦法對小孩子進行洗腦。」

「真的嗎？外星人好可怕……」嘉嘉又要開始哭了。

「先不要哭，外星人肯定還是有弱點，只要能找到阻止的方法，就不可怕。」

「嗯……嗚嗚……我……我事實上，今天有跟我媽媽說，有外星人要侵略。」

「咦？妳告訴妳媽媽了嗎？不是說不要說嗎？」柯柯有點氣急敗壞的說著。

嘉嘉小心翼翼的說著。

「對、對不起嘛……」嘉嘉又哭得滿臉淚水。「人家真的很怕嘛……」

「別哭、別哭……那，妳媽媽說什麼呢？」柯柯問。

「我、我媽媽說……」嘉嘉邊哽咽，邊說：「不可以對神明不敬，不然會下地

獄。」

「下地獄？」柯柯不解的問。

「嗯……她說，壞孩子和壞人都會被抓到地獄受處罰。」

「難道……就是我們看到的那張圖嗎？」柯柯想著，似乎沒有什麼頭緒。

「神明來自天上，不聽神明話的壞人都會被抓到地獄。」嘉嘉又重複說了一次。

柯柯點了點頭：「果然外星人會將大人洗腦！我們要小心不要被抓去。」

「什麼……那我媽媽也被洗腦了嗎？」嘉嘉又要開始哭了！

柯柯看嘉嘉又要哭，趕緊安慰道：「不要哭，我一定會想辦法保護妳，阻止外星人入侵的。」

「嗯……嗚嗚……」嘉嘉不停的啜泣著。

現在只能靠柯柯去阻止外星人的計畫了！柯柯安慰著嘉嘉，至少兩人不是孤單的。

外星人……我一定要擊敗你！

06. 外星人旅行團

『所以，主持人我跟你說，早在西元前失落的古文明都有記載著，在人類還是原始人時代，就有一名白衣的智者從天上來，教導人類耕種和畜牧。所有人類的發展起源，都有類似的傳說……』

節目上的來賓對著主持人滔滔不絕的說著。

『真的都是外星人嗎？那麼旅行專家，你說你去世界各地旅遊，都有聽過外星人的事蹟嗎？』戴著眼鏡穿西裝的主持人問著其中一位來賓。

『是的，沒錯。像我去復活節島，當地的巨石像的起源到現在仍然是個謎題……』

柯柯看得很認真，完全沒注意到有人走到他身邊。

「你真的很愛看外星人耶！」

「哇！」突然出現的聲音讓柯柯嚇了一跳！仔細看發現是柯準。

「喔！嚇到你了啊！有哭嗎？」柯準又問了一樣的問題。

「我沒有哭。」柯柯原本想繼續看這個談話節目，卻被柯準轉台。

電視上的畫面被換成帥氣的動畫主角，全身發出金色的光芒！

06　外星人旅行團

『我是地球人！今天一定要打倒你！』全身散發出金色光芒的動畫主角帥氣的說著。

「哈哈！超帥的！超級戰鬥模式啓動！」柯準又興奮的大喊！

柯柯搖搖頭，走回房間去，拿起英語書看了一下，聽到阿嬤回來後和柯準說話。聽得出來柯準非常的不願意，但是後來還是心不甘情不願的回答了。

「柯柯！阿嬤叫你！」柯準對著在房間內的柯柯大喊。

柯柯走出房間，問阿嬤：「阿嬤，什麼事情？」

阿嬤說了一些話，要柯準幫忙翻譯一下。

「阿嬤說，要帶我們一起去參加進香團旅行啦！」柯準沒好氣的說。

「進香團？旅行團？」柯柯不解的問。

「對啦！就是望天宮內舉辦的旅行團，要帶著大家坐遊覽車去其他廟參拜。」

柯準邊挖著鼻孔，邊解釋著。

「可以不去嗎？」柯柯一聽跟望天宮有關，緊張的問。

「我也說不想去啊！可是總共要去遊玩三天兩夜，阿嬤堅持一定要我們一起去

啦！」柯準挖完鼻孔，又開始隨地亂彈。

阿嬤責怪了柯準一下，似乎是對柯準亂彈鼻屎的行爲做了一下警告。

柯準沒好氣的說：「總之就是這個星期五出發，星期日回來啦！」

「跟著望天宮進香團，三天兩夜……」

柯柯心中有著很強烈不好的預感。

*

「你要去嗎……嗚嗚……」嘉嘉聽柯柯說要去參加望天宮三天兩夜的旅遊，水汪汪的大眼睛充滿著眼淚，已經哭出來了。

「我也不想去……可是又非去不可。」柯柯邊拿著石頭，邊放到小吉面前。

小山坡上的扮家家酒已經變成了例行公事，柯柯也已經習慣當小吉的爸爸；原本只會呆呆的坐在那裡，現在也會拿石頭或是青草放在小吉面前。

柯柯安慰著嘉嘉：「不要哭，我一定會安全回來的。」

「真的嗎？」嘉嘉邊哭邊看著柯柯。

「真的。」柯柯認真的說著：「也許運氣好，可以知道外星人的弱點！」

06　外星人旅行團

「嗯！」嘉嘉停止哭泣，相信柯柯一定可以平安歸來。

終於到了出發的日子，一早整理好的柯柯和柯準，跟著阿嬤一起出發。

柯柯在門口看到嘉嘉躲在門旁邊偷看著他們。柯柯回過頭給嘉嘉一個微笑，卻發現嘉嘉又開始哭了……柯柯對著嘉嘉揮揮手，準備到望天宮去。

到了望天宮的遊覽車前，阿嬤跟一群人說著台語，柯準則是滿臉倦容，竟然站著睡著了！只有柯柯的心情就像要去打仗一樣，沈重不已。

「如果失敗了……The world is over.」柯柯自言自語著。

或許在車上，會發生什麼恐怖的事情？

是外星人直接出現強迫柯柯洗腦？

又或者是飛碟突然出現帶走整台車？

柯柯緊張的跟著阿嬤上了遊覽車……

*

「接下來！『碼頭酒』！由我們的來賓所獻唱！」

車上非常的熱鬧！雖然說是進香團，但是也跟社區旅行差不多，車上的大家熱鬧的唱著卡啦ＯＫ，一首接著一首唱個不停。

「這、這是怎麼回事……」柯柯看著和平的模樣，突然發現一直緊張的自己好蠢。

阿嬤很開心的跟著其他人聊天，很多人都拿了點心給柯柯吃；柯準從上車就在睡覺，口水流得整個下巴都是。

柯柯邊吃點心，邊看著大家一直唱著台語的歌，這樣的氣氛讓柯柯稍微鬆了一口氣，發覺手上的餅乾味道還不錯，就這樣一路上都聽著台語的歌。

到了一間廟，大家都下車參拜，也有很多人拿著照相機拍照留念。阿嬤跟著大家合照，也拉著柯柯和柯準一起合照；原本不想拍照的柯柯看到阿嬤那麼高興，嘟著嘴和阿嬤一起合照，柯準則是從頭到尾傻笑著。

「小堂哥！小堂哥！」柯柯看到柯準下車後終於醒了，忍不住叫了柯準。

「嗯？幹嘛？」柯準邊挖鼻孔，邊看著柯柯。

「以前你也跟阿嬤參加過這種旅行團嗎？」柯柯看著柯準問。

柯準彈掉鼻屎，一臉不在乎的說：「有是有啦！有跟著阿嬤參加過幾次。」

06　外星人旅行團

「都是在幹嘛呢？會去什麼特別的地方嗎？」

「特別的地方啊……就大概廟啦、風景啦！也沒什麼特別的。」

「這樣啊……好像滿普通的。」柯柯聽柯準這樣說，鬆了一口氣。

柯準看柯柯好像鬆了一口氣，嘲笑的說：「幹嘛？你擔心會去奇怪的地方把你賣掉嗎？大概賣不掉吧！頂多把你丟在砲台裡，炸到海裡而已啦！」

「什麼啊……你是被炸過是不是啦！」柯柯也沒好氣的回嘴。

「噗哈哈哈！大便小孩生氣了！噗哈哈哈……」柯準又開始嘲笑著。

每次都愛這樣鬧又說些不好笑的笑話，這樣的小堂哥，柯柯已經無言以對了。柯柯嘆了口氣，走回遊覽車上。

一路上，柯準還在繼續無厘頭的笑聲，直到被阿嬤罵要他小聲一點，柯準才又因爲太無聊又睡著了。和剛剛一樣，一上車就是卡啦ＯＫ、點心聊天、柯準睡得打呼又流口水，幾乎一整天都是這樣的循環著。

中餐是吃中式合菜，圓桌上的中式餐點一盤一盤的來，柯柯因爲轉盤太大太重，似乎轉不太動。

柯準看到了，問柯柯說：「轉不動嗎？」

「嗯！轉不動。」柯柯聳聳肩，只能用筷子笨拙的挾眼前的菜。

阿嬤雖然會幫柯柯挾一些菜，但是大部分的時間都在其他桌跑來跑去；柯準也是自己吃一吃，完全不太理會柯柯。

柯準看柯柯轉不太動轉盤，又嘲笑說：「我看你還是小貝比，要不要給你娃娃椅？」

「不用！」柯柯挾起了眼前的一塊魚肉，放進自己碗裡面。

「不用客氣，你還可以在娃娃椅上面吸奶嘴，只是我不會幫你換尿布喔！」柯準邊說邊做出吸奶嘴的動作，這讓柯柯感覺柯準真是欠打！

「噗哈哈哈！柯柯吸奶嘴！啾啾啾……」柯準又在鬧了。突然柯準轉了一下轉盤，挾一口菜起來問著柯柯：「柯柯，來，我挾菜來了。」

怎麼那麼好！看來柯準終於知道自己需要幫忙。柯柯有點害羞的把碗靠過去……

「幹嘛靠過來？我只是給你看看而已，你看我挾那麼多，你只能吃渣渣而已。

06 外星人旅行團

噗哈哈哈哈！」柯準笑得超大聲的！

「你！……」柯柯已經氣得不太想再吃了。

阿嬤走過來，看到柯準又在鬧柯柯，敲了一下柯準的頭唸了幾句……這樣的場景也讓柯柯覺得漸漸習慣了。常常因爲鬧自己而被阿嬤罰的小堂哥，怎麼就是學不乖呢？

「可能……真的是笨蛋吧！」柯柯嘆了一口氣，繼續吃著飯。

下午參觀的廟，有一場宗教的儀式。柯柯看著那間廟的人員穿著特殊的黃色衣服，口中唸唸有詞的拿著各種儀器進行著奇特的儀式。柯柯沒有說什麼，只是一直盯著對方的動作看著，希望能找出外星人的相關線索。一整天下來，柯柯沒有發現到什麼樣的線索，這讓柯柯非常氣餒。

如果沒有發現外星人的計畫，那他這次來又有什麼用呢？

「柯柯！哭了嗎？」柯準又在旁邊鬧。

「沒有。」柯柯毫無表情的回答柯準這個已經不知道問幾次的問題。

晚上，旅行團住在一間旅社，阿嬤和柯柯還有柯準同一間房間，一整天下來疲儂的柯柯很快就睡著了。

看來今天，沒有異狀……包含一整天一直煩柯柯的柯準，也是一樣的煩。

07. 阿嬤的解釋

「柯柯！起來吃早餐了！」

一大早柯準又在叫，柯柯起身看了看四周，是昨天跟阿嬤還有柯準一起住進來的旅社房間。阿嬤似乎很早就起來，東西都準備好了；阿嬤和柯準說說話，柯準轉過頭來和柯柯說著。

「快一點！我們要到樓下大廳吃早餐，吃完要出發了喔！」柯準催促說著。

旅社大廳旁邊有一個附設的餐廳，餐廳內提供的簡單歐式早餐讓柯柯很高興，吃了好久的醬瓜，總算有土司和牛奶以及荷包蛋可以吃了！

柯柯吃得很開心，大口大口的把培根放到嘴裡。

柯準邊吃土司邊笑著：「你喔！看起來真像是好幾天沒吃到東西了一樣！」

「哼！我吃什麼不關你的事情吧？」柯柯邊吃邊回答，並不太想理會柯準。

阿嬤說了一些台語，過沒多久，大家陸陸續續上遊覽車，一起出發前往下一個行程。

在遊覽車上，柯柯看著窗外。遊覽車沿著靠海的公路行駛，可以看到海天連成一色，景觀真的非常漂亮，但是柯柯想到外星人隨時會侵入地球，又感到非常的擔

07　阿嬤的解釋

心，往阿嬤那邊看過去。

阿嬤正在跟旁邊的人說話，這時也望過來柯柯這邊。柯柯看到阿嬤看向自己，急忙把眼神移開，不想跟阿嬤四目相對；柯柯低下頭，在心裡面真的不希望發生阿嬤被洗腦而望天宮成爲外星人的祕密基地這樣的事情。

柯準跑到柯柯位置旁邊問：「柯柯，要不要玩戰鬥卡片。」

「戰鬥卡片？」柯柯第一次聽到柯準這樣說。

「戰鬥卡片就是……」柯準從自己背包拿出一個卡片盒子，裡面拿出許多卡片，把其中幾張拿給柯柯看。

柯柯接過來看了一下說：「這個……啊！是你每一次都在看的動畫卡通裡面的主角。」柯柯認得出來，是柯準每次一看到都會興奮得大叫的那個戰鬥卡通。

柯準點點頭說：「對，裡面跟外星人戰鬥的主角真的好帥氣！我跟你講，這個卡片的玩法……」柯準攤開手中的卡片，一張一張的跟柯柯解釋。

柯柯也聽得很認真，一下子就學會了戰鬥卡片的規則，玩了幾場下來，柯柯反而贏了柯準幾次。

柯準邊挖著鼻孔邊說：「看不出你這個愛哭鬼蠻厲害的嘛！」

「我沒有哭。」柯柯邊看著手上的牌，邊丟出了幾張：「好了！我出這兩張，你又輸了！」柯柯的牌又贏了！

柯準看了一下，喊著：「什麼！這把不算！再一次！」

「輸了就輸了，還賴皮。」柯柯不滿的說。

兩人吵吵鬧鬧，這時阿嬤說了幾句話，原來是到了一個景點，大家又下車拍照。

這是一個小山坡，上面好像還有一間廟。

「爬不爬得動？」柯準邊挖鼻子邊問著柯柯。

「爬得動。」

「不要哭喔！我可不要背你。」柯準又是一臉不懷好意的笑容。

柯柯看了柯準一眼，回應著：「你才是，不要滾下去了。」

兩人相視而笑，現在的柯柯不但不會生氣，還知道要怎麼跟柯準鬥嘴了。

爬上山，從在山腰的視野望過去，山下景觀非常漂亮。柯柯跟著大家一起參

07　阿嬤的解釋

拜，心中還是充滿著疑惑：神明真的是外星人嗎？如果會保護人們，又怎麼會侵略地球呢？

阿嬤跟著大家開始唸經，柯柯在大家唸經的時候，跑到廟外面到處看；柯準看到後，也跟著跑出來。

柯準跟柯柯說：「柯柯，你這樣跑出來對神明不太尊敬喔！」

「……我知道。」柯柯回答，繼續看著外面的風景。

「進去吧！我們等唸完經再出來。」柯準想要拉柯柯的手，柯柯卻將柯準的手甩開。

柯柯搖搖頭說：「我不要進去。」

「爲什麼？」柯準問。

柯柯抬起頭看著柯準，認真的說：「神明是來自天上對吧？」

「對。」柯準點點頭。

「神明會保佑人類對吧？」

「對。」

「那爲什麼要懲罰人類？爲什麼要把人類的舌頭拔掉或是殺掉？」

看著柯柯那麼認真的表情，柯準一時也不知道該怎麼說……把舌頭拔掉？突然柯準恍然大悟，似乎知道柯柯想要表達什麼了。

「你說的是地獄吧？那是懲罰壞人用的。」柯準邊說，又開始挖鼻孔。

「懲罰壞人？地獄？」柯柯張大眼睛，問著柯準。

「就是啊……」柯準也不知道該怎麼回答，吞吞吐吐的說：「就是，神明會把壞人抓起來，送到地獄去懲罰。」

「可是，他們怎麼會知道誰是壞人？」柯柯又問。

「這……神明就是看得到啊！」柯準被問得有點招架不住，轉過頭去說：「總之我也只知道這樣啦！」說完又跑回去大家唸經的地方。

柯柯看著柯準又跑回去，心中的疑惑更大了。

神明以及外星人之間，肯定有著連結的關係！

*

一天的行程下來，又到了另一間旅社。

07　阿嬤的解釋

這兩天阿嬤也發現柯柯的態度，從一開始來到鄉下還會牽著阿嬤跟阿嬤雞同鴨講，到現在幾乎完全沒有交流，這讓阿嬤蠻擔心的。在跟其他朋友討論後，阿嬤決定透過柯準問問柯柯到底在想什麼。

阿嬤在旅社房間，把柯準和柯柯叫到面前，要柯準幫自己問問柯柯。

柯準聽完阿嬤說的，轉過頭來問柯柯：「柯柯，阿嬤問你這一陣子爲什麼都沒有跟阿嬤去望天宮，是對阿嬤有什麼地方不高興嗎？」

柯柯看著阿嬤跟柯準，搖搖頭不想說。

「阿嬤說，什麼樣的問題提出來說沒關係，不用擔心。」柯準繼續說著。

柯柯沉默了一下，小聲的說著：「……外星人。」

「外星人？」柯準重複著。

「對……」柯柯吞了一下口水，繼續說著：「神明到底是不是外星人？會不會侵入地球殺死人類？」

柯準笑了出來，阿嬤催促著柯準趕緊翻譯，柯準一五一十的將柯柯的話跟今天柯柯提到地獄的事情跟阿嬤說明。

阿嬤瞪大著眼睛，笑笑的跟柯準說明，讓柯準去跟柯柯解釋。

「阿嬤說，神明不是外星人啦！而且外星人也不會侵略地球，是你想太多啦！」柯準邊笑邊解釋著。

「……真的嗎？你不是說外星人都會抓小孩子去吸血嗎？」柯柯還是懷疑的問著。

「喔！那是騙你的啦！你還真的相信啊！噗哈哈哈……」柯準笑得超開心的。

看柯準笑得那麼開心，再看看阿嬤擔心的表情，柯柯鬆了一口氣，也笑了出來。

對嘛！怎麼有可能會有外星人要侵略地球呢？但是還有一些疑問，也必須要解開，就是關於那個呼救的女子，還有那間房間看到的圖片，又是什麼呢？

柯柯問柯準這些疑問，阿嬤聽了以後，露出了凝重的表情，慢慢說給柯準聽，柯準也慢慢解釋著。

「……那天呼救的女子，因爲有些精神上的打擊，所以造成了一些幻聽、幻覺……經過當天望天宮大家的開導和祈禱，那名女子也恢復了正常……」柯準慢慢

07　阿嬤的解釋

的翻譯阿嬤的意思給柯柯聽，柯柯聽了也沒有說話。

只是精神疾病嗎？那根本和外星人洗腦沒有關係……柯柯暗自沉思著。

柯準繼續翻譯著：「還有……看到的地獄圖……是宗教上一種警示的作用，實際上人在活著的時候，並不會看到地獄……」

原本就不希望外星人入侵地球，聽到阿嬤特別麻煩柯準的解釋，柯柯心中大石頭掉了一大半。阿嬤還說許多宗教的儀式，雖然如此神祕又特別，卻並不是外星人的關係。談了一小時後，阿嬤要柯柯不用擔心這些，要柯柯相信阿嬤。

阿嬤看柯柯似乎已經瞭解了，就先去洗澡。這時柯準又拿出了戰鬥卡片，想要跟柯柯再一次決勝負。

「柯柯！幫阿嬤跟你解釋那麼久，再來一次決勝負吧！這一次絕對不會輸給你。」柯準開始發牌，這時有一張摺到的卡片掉了出來。

柯柯拿起那張摺到的動畫主角戰鬥卡片看著……這張閃閃發亮的卡片感覺上非常特別，跟一般的卡片比起來數值更好、畫面更帥氣，只是不知道爲什麼摺到了。

「這張卡片？怎麼摺到了？」柯柯拿給柯準看，那張帥氣的閃亮卡片。

「那張喔！」柯準看了一眼說：「那是我的朋友廟口孩子王小傑給我的，說不小心被野丫頭踩到摺到了，他看了就有氣所以給我了。」

「喔……真可惜。」就算只是玩一天卡片戰鬥的柯柯，也知道這張卡片的珍貴性。

「好啦！來吧！這次絕對不會輸你！」柯準興致勃勃的開始和柯柯玩起來！

外星人不會來侵略了！鬆了一口氣的柯柯露出了微笑，放鬆心情的跟柯準玩起戰鬥卡片，隨著卡片越贏越多，柯柯的笑容也越來越開心。

如釋重負的感覺，真好！

08.
嘉嘉的故事

「嗚嗚！……柯柯！」

連續幾天都沒看到柯柯的嘉嘉，終於在柯柯回來的隔天看到柯柯了！嘉嘉抱著小吉跑到柯柯面前，一副快哭出來的表情。

柯柯看著嘉嘉，笑笑的說：「嘉嘉！我回來了。別哭嘛！」

「嗯！」嘉嘉張著水汪汪的大眼睛，忍著不哭的點點頭。

嘉嘉又跟柯柯到小山坡上，睽違好幾天的扮家家酒，讓嘉嘉非常高興。

「小吉！要吃早餐囉！你最喜歡和爸爸媽媽一起吃飯了，對不對？」

柯柯看到嘉嘉那麼開心，也笑了笑說：「小吉！多吃一點，吃得飽飽的吧！」邊說邊拿很多青草和石頭，放在小吉面前。

嘉嘉看到那麼多青草，也笑笑的說：「別吃那麼多，會吃太多肚子會撐唷！」

兩個人玩得很高興，柯柯看看遠處的農田，看到了在農田耕田的牛，感覺安心很多，一切都是自己想太多，外星人根本不會來嘛！

「嘉嘉，我告訴妳唷……」柯柯看著嘉嘉說。

「嗯?怎麼了嗎？」嘉嘉邊抱著小吉，邊回答著柯柯。

08　嘉嘉的故事

柯柯微笑的說：「我後來聽阿嬤說……外星人不會來了。」

「真的嗎？」嘉嘉聽了很高興，兩隻大大的眼睛充滿著興奮。

柯柯點了點頭說：「真的……阿嬤要我相信她，不會有外星人入侵。」柯柯把阿嬤對自己的解釋，全部告訴了嘉嘉。

「這樣真的太好了……我也不用擔心媽媽和爸爸了。」嘉嘉抱著小吉，鬆了一口氣。

「是呀……」柯柯看嘉嘉放輕鬆，也就隨口說著：「嘉嘉真是溫柔，會擔心爸爸媽媽呢！」

「是呀……因爲我很想念爸爸。」嘉嘉抱著小吉，將頭埋入小吉的身上。

「想念爸爸？不是每天都會遇到嗎？」

柯柯問完看向嘉嘉，嘉嘉似乎沒有想要回答這個問題。過了一段時間，嘉嘉開口說：「我已經好久沒有看到爸爸了。」嘉嘉的眼神充滿悲傷，眼淚似乎又在眼眶打轉著。

「……聽媽媽說，爸爸不要我們了。所以和媽媽搬來這裡後，就沒有再看過爸爸。」

柯柯聽嘉嘉這樣說，沒有說話，只是默默的聽著嘉嘉說。

「媽媽帶我回到阿嬤老家後，每天都出門上班上到好晚，而且常常和阿嬤吵架，都說爸爸不好的壞話……有些小孩子還會笑我是『沒有爸爸的小孩』，都不跟我在一起玩……」嘉嘉說完，眼淚又在眼眶內打轉著。

「那……之前妳都和爸爸媽媽住嗎？」柯柯問著。

「嗯！」嘉嘉點點頭，看著小吉說：「這是之前我和媽媽爸爸一起住的時候，爸爸送給我的。」

「小吉嗎？」

「對……爸爸說，如果我想他，可以讓小吉陪著我……這樣就不會感到寂寞了。」嘉嘉說完，眼淚大顆大顆的滴在地上。

柯柯沒有再說什麼，就讓嘉嘉哭吧……或許嘉嘉哭一下會好很多。沒有爸爸陪的話，柯柯自己一定也很寂寞……柯柯根本無法想像自己的爸爸離開他，那樣的情形光想到一點點就覺得很難過。

08 嘉嘉的故事

柯柯站起身來，輕輕的牽起嘉嘉的手。

「走吧！我們到廟口去吃點東西吧！」柯柯笑笑的說。

「咦？」嘉嘉楞了一下，不明白柯柯怎麼突然這樣說。

柯柯牽起嘉嘉，安慰著說：「不要哭，寂寞的時候有我和小吉陪著妳，好嗎？」

嘉嘉聽柯柯這樣說，笑了出來。曾經有一段時間這樣的寂寞，讓嘉嘉希望可以一直在睡夢中作夢不要醒來，但現在柯柯的出現，讓嘉嘉開始期待每一天和柯柯一起玩的日子。

「好！」嘉嘉開心的點點頭，有柯柯這樣的朋友真好！

兩人往廟口跑去，兩隻小手緊緊的牽在一起。

到了廟口，發現今天的望天宮特別的熱鬧！周圍都有人放鞭炮，廟口明顯的也比平時多很多人。

柯柯看那麼多人，問著嘉嘉：「今天好像比平常多很多人，是有什麼事情嗎？」

「對喔！今天是一年一度大廟會的日子！」嘉嘉開心的說著：「連續三天唷！廟口這邊的活動會很多，最後一天還有布袋戲唷！」

「布袋戲？那是什麼東西？」柯柯問著。

「就是用手裝著布偶，在台上演出的表演呢！」嘉嘉邊說，手上邊做出樣子轉一轉。柯柯看著這樣的動作，明顯的不太清楚。

「沒關係，後天就看得到了唷！」嘉嘉笑笑的說。

柯柯點點頭說：「嗯！我知道了。那麼，要去喝愛玉冰嗎？」

「好！」嘉嘉開心的說。

「走吧！我們再去買愛玉冰吃吧！」柯柯牽著嘉嘉往愛玉冰攤位跑去，突然在攤位前面有一群男孩子，擋住了去路。中間感覺特別兇的男孩子剛好回過頭看著柯柯和嘉嘉。

柯柯看了那男孩子，感覺這男孩子的眼神特別凶狠！柯柯避開男孩子的眼神，想從旁邊離開，沒想到那個男孩子卻突然對他們大喊！

「嗯？沒看過的小孩。喂！你們等一下！」男孩子的聲音特別大聲，其他男生

08　嘉嘉的故事

也看向柯柯他們，一時之間柯柯和嘉嘉被這群男孩子圍在中間。

「哇！」嘉嘉瞬間躲到柯柯後面，被這樣的狀況嚇到了！

柯柯感覺到嘉嘉在自己身後開始啜泣……柯柯雖然害怕，但是看到嘉嘉這樣子發抖，突然一股勇氣衝上心頭，柯柯一直瞪著那個男孩子。

男孩子一直上下打量著柯柯和嘉嘉，表情很嚴肅。

「小傑孩子王，這兩個小孩怎麼了嗎？」旁邊的男孩子開口問著那位很兇的男孩子。

小傑孩子王？柯柯突然覺得這名字很熟，不就是把被摺到的戰鬥卡給柯準的人嗎？現在直接看到本人，覺得這個孩子王的氣質很差，感覺就像是小流氓一樣，給柯柯的感覺非常不喜歡，一想到這裡，柯柯握著嘉嘉的手也握得更緊。

「也沒有什麼啦……感覺沒看過，看一下而已。」小傑仍然瞪著柯柯。

「喔……那是柯柯啦！林美麗阿嬤住都市的孫子。」有人回答著小傑。

一聽是認識的人，小傑點了點頭說：「嗯！原來是這樣啊！你們可以走了。」

小傑擺出手揮了幾下，旁邊的男孩子也讓開了路。

柯柯看旁邊的人讓開，也顧不得去買愛玉冰，牽著嘉嘉直接跑向反方向！

「跑真快……哈哈……」柯柯在隱約之中，還聽到小傑和其他男生的笑聲。

「走吧！小傑孩子王！我們去玩戰鬥卡吧……」聲音越來越遠，總算離開了他們。

「呼……總算跑離開他們了。」柯柯牽著嘉嘉，跑到了望天宮前面的大樹下。

「嗚嗚……他們好可怕唷……」嘉嘉抱著小吉，又開始哭了起來。

「不要哭，他們沒有跟過來了。」柯柯邊安慰著嘉嘉，邊看向原來跑過來的方向，確定沒有人跟著他們。

「呼！那個人是孩子王小傑，我有聽柯準說過他。」柯柯坐下來靠著大樹說。

「孩子王……小傑？」嘉嘉停止了哭泣，問著柯柯。

「嗯！廟口孩子王小傑。聽柯準說他打架很厲害，玩戰鬥卡片也很厲害……只是每次都會打輸一個叫玉婷的女孩子。」柯柯解釋著。

「玉婷？我知道她耶……就是表演布袋戲的姊姊……啊！你看，現在那個大姊姊剛好在愛玉冰攤子那裡跟賣愛玉冰的阿姨說話。」嘉嘉邊說，邊指向愛玉冰攤子

08　嘉嘉的故事

的方向。

「那一個？」柯柯問。

「那個綁著雙馬尾的姊姊……就是玉婷，她也會表演布袋戲唷！」嘉嘉笑笑的說。

柯柯看過去，想了一下，發現是上次在望天宮內偷跑進去那個房間後，出來看到跟阿嬤說話的女孩子。

「啊……我有看過她跑去跟阿嬤說話。」柯柯確定的說。

嘉嘉看著柯柯問：「真的嗎？那她和你阿嬤說了什麼呢？」

柯柯搖搖頭說：「我也不知道，那時候我沒有仔細聽。」

「那要去跟她說話嗎？」嘉嘉抱著小吉問柯柯。

柯柯又搖了搖頭說：「不要。我沒什麼想要說的……而且……」柯柯頓了一下，繼續說著：「而且，我反對用暴力，也很討厭用暴力的女生。她既然會打得贏那麼兇的小傑，她一定也很兇。」

嘉嘉聽柯柯這樣說，皺著眉頭說：「可是……可是，我以前看到她，她都很溫

柔的在幫忙表演布袋戲呀……」

「總之，我就是不喜歡用暴力的人……」

話還沒說完，突然旁邊望天宮的門口放起了一大串的鞭炮！

「磅、磅、磅……！」一連串的鞭炮聲讓柯柯嚇了一大跳！

「哇！……嗚嗚……」緊緊躲在柯柯背後的嘉嘉，又被嚇哭了！

突然出現在柯柯眼前的情況，讓柯柯也看得目瞪口呆！

眼前出現了許多身高非常高、看起來不像人類的「人」大搖大擺的走向望天宮！每個「人」身高都高達好幾個人的身高外，旁邊還有一些臉上畫得非常可怕的人拿著各種武器跟在旁邊！怎麼看都不是普通人類，莫非……莫非真的是外星人！

「怎麼可能……這些『人類』到底是從那裡來的？」柯柯看得心驚膽跳！真的是外星人要入侵嗎？柯柯吞了口水，緊張的瞪著眼前慢慢走進望天宮的「外星人」……

「嗚嗚……」耳邊除了震耳欲聾的鞭炮聲，還有嘉嘉哭泣的聲音……柯柯和嘉嘉的手緊緊的握在一起……

09. 調皮搗蛋

「不是說外星人不會來嗎……現在這些人真的是人類嗎……」

柯柯自言自語著，等到那群「人」都進去了望天宮，柯柯還一直瞪著望天宮門口。不是不會來嗎……不是說不會來嗎！現在眼前的這些人，很明顯的不是人類！

「嗚嗚……」嘉嘉還是躲在柯柯背後發抖，眼淚把柯柯的衣服都弄濕了。

柯柯轉過頭來安慰著嘉嘉，鞭炮聲把嘉嘉嚇得一直哭個不停……柯柯足足安慰嘉嘉快十分鐘，嘉嘉的情緒才慢慢穩定。

柯柯看嘉嘉比較不哭了，就問嘉嘉：「嘉嘉，妳剛剛也有看到嗎？」

「嗯……」嘉嘉點點頭。

「那一些，是不是外星人？高高在走路的那幾個。」柯柯激動的問著。

「那些……那些我以前有看過……聽我阿嬤說，那是神明出巡。」嘉嘉說著，緊緊的抱著小吉。

「神明……神明出巡？」柯柯簡直不敢相信！不是說神明不會下凡來嗎？怎麼現在又出現在望天宮！而且竟然樣子那麼可怕，都沒人發現嗎……不，這一切一定都是陰謀！

09 調皮搗蛋

柯柯牽起嘉嘉說：「嘉嘉……我決定要進去調查清楚。」

「咦？……我不敢進去……」嘉嘉猛搖頭，原本平穩的情緒，又快要開始哭了……

「嘉嘉，聽我說。」柯柯認真的看著嘉嘉，牽起她的手說著：「我原本以爲外星人不會侵略地球，但是我今天看到後才真正發現，外星人確實會侵略地球！」

嘉嘉不敢說話，一直發抖著看著柯柯。

「大人們都被洗腦了！如果連我們都沒辦法調查清楚外星人的陰謀，那麼誰來保護大家呢？誰保護妳媽媽和妳的阿嬤，還有妳爸爸呢？」柯柯非常認真的說著。

「不要！……我不敢進去……」嘉嘉邊說邊發抖，想掙脫柯柯的手，卻沒辦法掙脫。柯柯看嘉嘉這樣的反應，知道嘉嘉真的沒辦法，就放開了嘉嘉的手。

「嘉嘉，那妳在這邊等我，我進去調查，很快就會回來。」柯柯站起身，看了一眼一直坐在大樹下發抖的嘉嘉。

「我會保護妳的，嘉嘉。」柯柯說完，跑去望天宮內。

*

廟裡有很多平常沒有的儀式，也有很多演奏特殊樂器的人，柯柯看了一眼，發現平常阿嬤在唸經的儀式又開始了，柯柯繞過人多的地方，打算找出外星人的所在地。

「唔……應該不會在辦公室，我去之前的房間看看……」柯柯躡手躡腳的走著，深怕引起其他人注意，但是望天宮內正忙著各種奇怪的儀式，似乎沒有人有空去理柯柯。

柯柯走到上次看到地獄圖的房間，推開門進去看，似乎沒有看到什麼人……柯柯決定往最裡面的倉庫走去，那是望天宮內最裡面的地方。

柯柯走到倉庫的窗戶旁，從外面窗戶往裡面看……柯柯倒吸了一口冷氣！是剛剛看到的外星人！

裡面有著很多高大的外星人，正排排站在倉庫裡面！柯柯緊張的喘著氣，深怕自己只要一動就會被外星人抓住！

柯柯蹲下來等著……過了一段時間，仍然非常的安靜。

柯柯又再次偷看窗戶內的外星人，似乎還是沒有動靜。

09　調皮搗蛋

進去調查看看好了。柯柯這樣一想，走進倉庫的房間內，雖然冷汗直流、緊張到感覺快要站不穩了……但還是要好好調查！爲了保護大家，一定要發現外星人的弱點！打開門的柯柯，慢慢的走了進去……

每一個外星人都不動，只是一直站在那裡而已。

爲什麼會這樣？難道外星人在睡覺嗎？沉思了一會，柯柯似乎想到了之前機器人的電視節目！要靠充電才會動！

「沒錯！一定是因爲沒電了！所以在休息！」柯柯走過去，故意用力推了其中一個外星人！外星人一點反應都沒有，這更加讓柯柯覺得，外星人一定是沒電池了！

如果可以趁機破壞掉外星人，這樣就可以救大家的性命！柯柯選了其中一個比較矮的外星人，想要用力的推倒！卻發現外星人真的很重，沒辦法推倒。

柯柯看推倒的辦法不能用，就看了旁邊，發現有桌子和椅子可以爬上去，柯柯爬上桌子，發現一個外星人剛好在桌子旁。

「這樣就可以破壞掉外星人了！」柯柯一邊說，一邊開始動手！

柯柯首先將外星人的帽子用力扯下！帽子是用布做的，上面的裝飾品被柯柯用力的弄壞掉，裝飾品掉落一地！

「這樣可能沒辦法破壞……對了！」柯柯看到外星人的臉上有許多鬍子，用力的扯外星人臉上的鬍子！

「啪擦！」一聲，鬍子也被柯柯用力扯斷了！

「哼！接下來我看怎麼繼續破壞！」柯柯看向周圍，似乎沒有什麼可以用的物品。等等！那是什麼！

柯柯看到了一把美工刀！足以將外星人破壞掉的武器！

柯柯推出美工刀刃，慢慢靠近那個外星人，心想：「完全破壞掉，就可以阻止外星人入侵地球和殺死人類了！……」柯柯再一次爬上桌子，準備用美工刀砍向外星人！……

突然聽到有人用台語在說話！還大聲的咆嘯！那個人衝過來搶走柯柯的美工刀，並且狠狠的用台語對著柯柯說話，雖然柯柯聽不懂，但是柯柯知道這個人在罵他！接著沒幾分鐘，一群人衝了進來，阿嬤也在其中！

09 調皮搗蛋

阿嬤看到柯柯和被柯柯破壞的「外星人」，阿嬤也生氣的罵著，一邊罵、一邊忙著跟大家道歉，不斷的彎腰鞠躬。

阿嬤牽著柯柯走出望天宮，柯柯看了一眼嘉嘉。嘉嘉滿臉驚恐的看著柯柯被阿嬤帶走，柯柯則是對著嘉嘉搖搖頭，要嘉嘉不要來。

阿嬤一路上想說些什麼，卻又因爲說的是台語無法溝通，這讓阿嬤一直嘆氣，不知道如何是好。

柯柯被帶回家，坐在房間裡頭，阿嬤則是看著柯柯，一直嘆著氣。過沒多久，柯準回來了，阿嬤交待柯準一些事情後，又連忙的出去了。

柯準看著柯柯說：「你闖了什麼大禍呀？連我都聽到消息了。」

柯柯看了一眼柯準，沒有說什麼。

柯準躺在床上，看著天花板說：「剛剛我和小傑他們在玩戰鬥卡片，就聽到另一個男孩子跟我說要我快點回家，說你闖禍了……你去破壞出巡的神明像嗎？」

柯柯躺在床上面對牆壁，還是什麼都不肯說。

「算了，等阿嬤回來再說吧！」柯準躺在床上開始看漫畫。

晚上，阿嬤忙到比平常還要晚，只好帶了便當回來。一年一度的大廟會本來就有很多事情要忙碌，再加上今天柯柯把神像弄壞了，要商量快點請師傅來修理，更是讓阿嬤忙到滿臉倦容。

柯柯和柯準吃飯的時候，柯準跟阿嬤說話後，轉過頭問柯柯：「柯柯，你今天怎麼跑去破壞神像？」

柯柯只是吃著飯，不發一語。

「說啊！是不是有什麼原因？」柯準催促著柯柯快點說，但是柯柯什麼話都不說。

柯準和阿嬤又用台語說了一堆話，不論柯準如何問原因，柯柯卻是什麼都不肯說，這讓阿嬤感覺又生氣又無奈。

柯準看阿嬤似乎越來越生氣，趕緊小聲的對柯柯說：「柯柯……阿嬤已經很生氣了，不然你就道歉，承認是調皮搗蛋就好……乖乖道歉吧！」

柯柯看看柯準，這個老是喜歡捉弄自己的小堂哥這次爲了自己，也在自己面前露出了擔心的表情，這讓柯柯有一點難過。但是一想到外星人並沒有像之前阿嬤跟

09 調皮搗蛋

他保證的，還是出現在望天宮，而且一次就是一群！這樣恐怖的狀況讓柯柯更加相信阿嬤也被外星人給洗腦了！

柯準看柯柯沒說話，又開始催促：「柯柯！你就快點道歉吧！」

「我知道了……阿嬤，對不起。」柯柯低下頭去，對著阿嬤道歉。

柯準看柯柯道歉了，趕緊跟阿嬤說柯柯只是還小不懂事，調皮搗蛋而已，希望阿嬤不要生氣。阿嬤看柯柯道歉了，嘆了一口氣後跟柯準說著。

柯準轉過頭來跟柯柯說：「阿嬤要你這一星期不要出去，在家裡好好反省。」

「嗯！」柯柯點了點頭。

阿嬤又跟柯準說了幾句，柯準大大的反對，爭論了幾句後，柯準心不甘情不願的跟柯柯抱怨著：「都你啦！阿嬤叫我這一星期在家照顧你，不准我出去啦！」

「嗯！」柯柯低下頭，點了點頭。

「真是的！要好好的補償我啊！」柯準邊抱怨邊挖著鼻孔。

經過一天的忙碌，柯柯身心俱疲。他無法接受阿嬤這樣的背叛，竟然跟外星人一起來到了望天宮；一方面也因爲自己今天的行動被抓到，而懊惱不已。柯柯看柯準和阿嬤都已經睡著，又跑到了後門。

「柯柯？」

柯柯一來到後門，發現嘉嘉穿著睡衣，擔心的看著自己。

「柯柯！你沒事吧？」嘉嘉趕緊問著柯柯。

柯柯看了一眼嘉嘉，嘆著氣說：「沒事……只是今天被抓到，很懊惱而已。」

「對不起……人家會怕……」嘉嘉低下頭道歉，又開始啜泣……

「不要哭啦……」柯柯安慰著嘉嘉：「我沒事……只是被罰不准出門一星期而已。」

「都怪我……如果我再勇敢一點就好……」嘉嘉難過的說著。

「沒關係，明天妳就到我家裡來，家裡只有我和柯準在。」

「真的可以嗎？」嘉嘉抱著小吉問。

柯柯點點頭說：「可以，我們可以商量對抗外星人的計畫！」

「嗯！」嘉嘉看柯柯這樣有精神，也擦乾了眼淚，露出了笑容。

無論如何，柯柯都要找到外星人的弱點，拯救大家！

10. 小堂哥被抓走

一早起來，就看到阿嬤跟柯準交代著，要柯準一整天先不要出去，好好的陪柯柯讓柯柯在家裡反省。

柯柯和柯準吃著跟平時一樣的早餐——醬菜與稀飯。

柯準忍不住問柯柯：「柯柯，你沒事怎麼會去破壞望天宮的『大仙尪仔』呢？」

「『大仙尪仔』？」柯柯不解的反問著。

「就是啊……讓神明出巡時可以附身在上面，對望天宮來說是很重要的。」柯準邊吃邊解說著。

柯柯原本想要說要阻止外星人，可是看柯準之前的反應都是漠不關心，不然就是一直嘲笑自己，想想還是算了，柯柯安靜的吃著飯，不回答柯準問題。

吃完早餐後，柯準又開始看漫畫，看了一段時間開始覺得無聊，拿出了動畫的戰鬥卡出來。

「柯柯，來玩戰鬥卡吧！」柯準又找柯柯玩，畢竟平常兩人都是在外面玩，現在不能出去讓兩人都非常無聊。

10　小堂哥被抓走

兩人玩了幾次，柯準看著柯柯越玩越好，贏自己的次數也越來越多。

「哇！怎麼又輸給你了！真是的！」柯準連續輸了第三次，抱怨了起來。

「嗯！」柯柯沒有特別說什麼，只是點點頭回應而已。

柯準像是想到什麼，突然說道：「對了！下次跟小傑他們玩戰鬥卡時你也一起來吧！你那麼厲害，應該可以幫我贏很多卡片回來喔！」

「跟小傑？廟口孩子王小傑？」柯柯想到小傑，那個眼神很兇的男生。

「對！我們常常會聚在一起玩，偶爾有新的卡片就會去一起玩戰鬥卡。」柯準邊說，邊從卡片裡面挑出了幾張卡片，拿給柯柯。

「這是？」柯柯拿起卡片，發現是一組很基本的戰鬥卡牌組。

「送給你吧！反正是多的，就當作給你練習吧！」柯準邊挖鼻孔邊說著。

柯柯看著戰鬥卡，雖然是一組很普通的牌組，卻也是柯準很心愛的戰鬥卡。以前剛來的時候柯準連理都不理自己，更別說讓柯柯碰戰鬥卡這種事情了；現在的柯準雖然還是一樣邋遢又隨便，不過柯準爲了自己，不但陪著在家照顧自己，現在還送他最心愛的戰鬥卡。

「謝謝……小堂哥。」柯柯看著卡片，跟柯準道謝。

「呵呵！你哭了嗎？」柯準又邊挖鼻孔邊問。

「沒有，幹嘛哭？」柯柯回答著，這已經不曉得是第幾次這樣沒意義的回答了。

突然外面傳來了敲門的聲音，柯準和柯柯跑到門口看，發現是嘉嘉來敲門。

「啊！妳不就是隔壁的那個小女孩嗎？有什麼事情？」柯準問著。

嘉嘉看著柯準，害怕的抱緊著小吉盯著柯準看。

柯柯趕緊說：「她是嘉嘉，是我的朋友。快進來吧！」柯柯邊說，邊把嘉嘉拉進來。

「喔！」柯準邊挖著鼻孔邊看著兩個人。

柯柯仔細看了一下嘉嘉，嘉嘉今天除了抱著小吉外，還帶著一袋玩具。

柯柯指著那袋玩具問：「那是什麼東西？」

「這一袋是小吉的東西唷！」嘉嘉開心的說著：「有小吉的餐具、小吉的文具還有小吉平常在用的衣服和玩具喔！」

10　小堂哥被抓走

「原來如此……」柯柯看了看，原來是扮家家酒的東西，接著問：「怎麼會今天突然帶來，平常我都沒看妳帶過。」

「因爲要來你家嘛……平常在外面跑我怕會弄髒，到你家就沒關係啦！」嘉嘉笑笑的說著，邊把玩具倒在柯柯的床上。

柯準看到扮家家酒的玩具喊著：「嗚啊！女生的扮家家酒！好噁心！」

「噁心……」嘉嘉聽到柯準這樣說，又開始快哭出來了！

「不要亂說話啦！扮家家酒一點也不噁心，你這樣說嘉嘉會哭的！」柯柯邊說邊瞪著柯準，這個小堂哥就是這樣愛亂說話。

「才不噁心呢！我們一起來玩。」柯柯趕緊安慰著嘉嘉，轉過頭問著柯準：「你要玩扮家家酒嗎？」

「我才不要咧！」柯準搖搖頭，走出房間說：「我去看電視了，你們慢慢玩。」

「不要哭喔！我們一起陪小吉吃早餐。」柯柯安慰著嘉嘉，順便摸摸小吉的頭。

嘉嘉聽柯柯這樣說，笑笑的點點頭說：「嗯！我們一起跟小吉吃早餐吧！」

「好。」柯柯也笑笑的和嘉嘉玩起來。

連續幾天都是這樣，嘉嘉來找柯柯玩，每次都是玩扮家家酒玩到中午；中午阿嬤都會帶便當回來，嘉嘉則是在中午吃飯前會回去吃，下午又跑來找柯柯繼續玩到黃昏。

「明天見，再見。」嘉嘉開心的揮揮手，跟柯柯道別後回到隔壁去了。

「柯柯，你還真喜歡玩扮家家酒啊！」柯準邊挖鼻孔邊說著：「難道你也喜歡女孩子的遊戲嗎？哈哈哈……」柯準說完就笑了起來。

「嗯……我是不討厭玩扮家家酒，而且……」柯柯一想到嘉嘉曾經跟自己說過嘉嘉爸爸的事，雖然不是很瞭解，但也是多少能體會嘉嘉的心情。

「而且？」柯準問著。

柯柯搖搖頭說：「沒事。」關於嘉嘉的事情，柯柯不想跟柯準說太多。

「喔……啊！卡通開始了！」柯準突然想到，跑去打開電視！

『可惡的外星人！竟敢用我夥伴的安全威脅我！絕對饒不了你！』

10　小堂哥被抓走

電視上的動畫主角帥氣的又發出金色光芒，朝向邪惡的外星人衝去！邊攻擊背景主題曲也大聲的播放著，讓人看得熱血沸騰！

「上啊！真的超帥的！」柯準興奮的替電視內的主角大聲加油！

柯柯看柯準看得那麼入迷，有點無言的看著動畫。動畫中的帥氣主角一直都是印在戰鬥卡上的那一位，除了會發出金光變強之外，各種強力的外星人對手也都打不贏他。

在動畫演得超級熱血的時候，阿嬤回來了。這次阿嬤不是回來煮晚餐，而是帶了便當回來。

柯準和阿嬤打了聲招呼，接著三人坐下吃飯；阿嬤似乎跟柯準談論什麼事情。起先柯準搖搖頭，一副很不情願的樣子，這讓阿嬤有點傷腦筋，經過幾次不斷的討論和阿嬤的規勸，柯準似乎很勉強的同意了。

柯柯看柯準先回房間去拿了一些東西，接著又和阿嬤出去。

柯準出門前說：「我和阿嬤到望天宮一趟，晚一點回來。」說完後，兩人就離開了家裡。柯柯一個人吃著飯，不清楚發生了什麼事情。

過了大概兩小時，柯準和阿嬤回來。

「小堂哥，發生什麼事情了？」柯柯問著柯準，柯準卻是一臉煩悶，不太想說話的樣子，這跟平常的柯準完全不同。

「……煩死了！明天再說吧！」柯準躺著轉過頭去，完全不想再說些什麼。

柯柯看柯準這樣子，也就沒再問什麼。

隔天一早，吃早飯的時候柯準也沒有多說什麼，只是在整理一些衣物。過了不久，嘉嘉來找柯柯。

「嘉嘉，妳來了，我們到房間去說。」柯柯把嘉嘉拉到房間。

「怎麼了？」嘉嘉抱著小吉，跟著柯柯到了房間。

柯柯看了一下柯準，柯準拿了一袋東西跑到客廳坐著，看著電視不發一語，看得出來柯準的心情非常不好。

「嘉嘉，我跟妳說，昨天柯準他跟阿嬤去了一趟望天宮後，就怪怪的。」柯柯跟嘉嘉解釋，柯準的奇怪狀況。

嘉嘉聽了後，也偷看了一下柯準，從柯準的表情看來，真的非常的不高興。

10　小堂哥被抓走

這時門外響起了吵雜的聲音，聽聲音好像是阿嬤跟很多人來到了家裡；柯柯和嘉嘉從房間的門往外看，發現是阿嬤還有望天宮的人。

望天宮的人還有阿嬤都在跟柯準說話，說了幾句話以後，他們笑得很開心，接著柯準拿走剛剛整理的行李，跟著他們一起離開。

阿嬤說了幾句話，柯準望向柯柯說：「柯柯，我和阿嬤到望天宮去了，你如果有事情就來望天宮吧！」說完後，一群人一起離開家裡。

家裡又恢復了安靜，這讓柯柯非常的不解。

柯柯轉過頭問著嘉嘉：「嘉嘉，你知道柯準他們要去做什麼嗎？」

嘉嘉搖搖頭，小聲的說：「我……我也不是很清楚……不過……」

「嗯？妳知道什麼就說吧！」柯柯催促著嘉嘉。

「他們說……」嘉嘉低下頭小聲的說：「他們說柯準的年齡已經夠了……要他在望天宮內一起作訓練，要參加某一個活動……」

柯柯聽了非常緊張的問：「活動？有說是什麼活動嗎？」

「我不曉得……」嘉嘉搖搖頭，似乎真的不知道是什麼樣的活動。

「難道是！」柯柯氣得敲了一下門板，氣憤的說：「難道是外星人，要把小堂哥抓去洗腦了嗎！」

「嗚嗚嗚嗚……人家會怕……」嘉嘉又開始哭了，抱著小吉開始掉眼淚。

柯柯看著柯準給的戰鬥卡……雖然柯準每次都愛鬧又愛說些廢話，但是從來到阿嬤家後柯準也是一直在自己身邊……如果不救柯準，又怎麼能跟外星人對抗呢？

一定要拯救柯準！阻止外星人的陰謀！

11. 望天宮大火

柯柯這幾天，都和阿嬤來到望天宮內，但是沒過多久，柯柯又會跑到外面去跟嘉嘉一起到處跑來跑去；而和望天宮內的人一起的柯準，似乎都在別的地方進行訓練，柯柯幾乎很少看到柯準。

「天氣很熱。」柯柯走出望天宮，走到嘉嘉的身邊坐下。

「嗯！真的很熱呢！」嘉嘉抱著小吉，和柯柯兩人一起坐在望天宮外的大樹下。

柯柯看看周圍，廟口一樣熱鬧，就算大廟會已經結束了，廟口也是一樣觀光客不斷；到目前爲止，外星人的計畫柯柯還是調查不出來。

嘉嘉抱著小吉，對著柯柯問著：「柯柯，好久沒有去小山坡了，今天要一起去嗎？」

「小山坡？」柯柯也想到，從之前破壞望天宮的外星人之後，就沒有再和嘉嘉去小山坡玩了。

柯柯看著嘉嘉，似乎覺得嘉嘉很喜歡去那邊玩的樣子，如果拒絕，嘉嘉也太可憐了。柯柯想了想，也沒什麼事情，就答應吧！

11　望天宮大火

柯柯點了點頭說：「好，我們就過去看看吧！」

「嗯！」嘉嘉聽到柯柯答應，非常的高興。

「那走吧！」柯柯站起身，牽著嘉嘉一起往小山坡走去。

不管是路上的牛、滿山滿野的樹和農田、地上的蚯蚓、昆蟲，這一切都已經讓柯柯非常習慣。暑假已經過了一半，這一段時間來，阿嬤家的一切都讓柯柯感到非常的特別，令柯柯覺得一直住下去其實也沒關係。

……除了那個可怕的外星人。

柯柯邊想邊走著，牽著嘉嘉不知不覺來到了小山坡。

「到了呢！」柯柯笑笑的對著嘉嘉說。

「嗯！」嘉嘉笑笑的點點頭，小山坡是嘉嘉很喜歡的地方。

柯柯看到嘉嘉那樣高興的表情，問著嘉嘉：「嘉嘉，妳很喜歡小山坡嗎？」

「嗯！是呀……」嘉嘉邊看著蔚藍的天空和碧綠的農田，邊和柯柯說著：「這裡的小山坡是我最喜歡的地方，因爲可以看著遠遠的天空，想著或許爸爸現在也看著一樣的天空。」

「嘉嘉的爸爸嗎……」來到小山坡玩著扮家家酒，柯柯爸爸和嘉嘉媽媽一起照顧著小吉，這樣的家庭和樂，是嘉嘉一直以來希望的夢想嗎？

是呀……自己也是很想念爸爸媽媽，現在爸爸媽媽在地球上的那一處呢？

「咦？……那是什麼？」柯柯突然發現，眼前的景觀似乎和之前的樣子不太一樣。

遠處的空地上，有一塊空地非常的大，而且空地上還有著好幾根非常高大的木頭，每根木頭至少都有好幾層樓高！

「嘉嘉！那個是什麼？」柯柯指著空地的方向，問著嘉嘉。

「什麼？……」嘉嘉看了一眼，搖搖頭說：「我也不知道……」

「以前沒看過嗎？」柯柯問著。

嘉嘉搖搖頭說：「我沒有看過……」

「唔……」柯柯看著那塊不尋常的空地，離小山坡這裡有些距離，是望天宮再過去的地方，自己和嘉嘉一直沒有去過。

柯柯想了一下，說：「看來……那個東西應該跟外星人有關！我們應該要去調

11 望天宮大火

查看看。」柯柯說完，又牽著嘉嘉。

「嘉嘉，我們一起去調查。」

嘉嘉抱著小吉，害怕的說：「咦?要去看嗎……可是人家會怕……嗚嗚……」

嘉嘉一想到和外星人有關，又怕到快哭出來……

「不要怕，有我在。」柯柯安慰著嘉嘉，兩人還是決定要去看看。跑到望天宮廟口前面時，柯柯突然停了下來。

「嘉嘉，我突然想到……」

「嗯?怎麼了嗎？」嘉嘉看柯柯突然停下來，看著柯柯。

「如果上次的外星人又啓動的話，這樣子會很糟糕……我想要先找出停止望天宮內外星人的方法。」

「爲什麼？」嘉嘉似乎聽不太懂，搖了搖頭。

柯柯拉著嘉嘉，往望天宮的方向跑去。「先去調查看看望天宮內的外星人，我們再去剛剛發現的地方。」

「好……」嘉嘉跟在後面，緊緊牽著柯柯。

「咦?柯柯？」旁邊有一個女孩子的聲音好像叫著自己。

柯柯轉過頭去看，發現是上次曾經跟阿嬤說話的玉婷。柯柯不太想跟玉婷說話，拉著嘉嘉往望天宮內跑進去。

「剛剛……那是玉婷姐姐嗎？」嘉嘉轉過頭看著。

柯柯點了點頭說：「對，我們現在正要進去調查，不要給太多人知道……那個玉婷跟來了嗎？」

「沒有……」嘉嘉搖搖頭。

「好，走吧!我們直接走到最裡面。」柯柯牽著嘉嘉往望天宮最裡面倉庫走去。

走到倉庫前面，嘉嘉突然停在門口。

「不要怕，裡面的外星人不會動。」

「嗚嗚……」嘉嘉又快哭了出來，但是柯柯一邊安慰著，一邊推開倉庫的門。

倉庫內安安靜靜的，一點聲音都沒有。

「咦?沒有外星人？」柯柯進去後發現，倉庫內原本應該滿滿的外星人，現在

11 望天宮大火

卻一個都沒有。

「……他們出去了嗎？」嘉嘉小聲的問著。

「可能……我調查看看有沒有什麼外星人的東西。」

柯柯一邊在倉庫內翻著，一邊想著有關外星人的事情。如果這邊沒有線索可以知道外星人的資訊，那就要直接到剛剛從小山坡上看到的那個奇怪的空地去調查了。

突然柯柯似乎聽到有人說話的聲音，趕緊拉著嘉嘉往角落躲去。

「嘉嘉！有人來了！不要發出聲音！」

「嗚嗚……人家會怕……」嘉嘉又快要哭出來了，一手抱著小吉，一手牽著柯柯發抖。

外面似乎有幾個人在，柯柯和嘉嘉不敢發出聲音。

「王老闆，您真的要這樣做？」有一名男子問著。

「嗯哼！當然。這群人的精神支柱就是這個望天宮，要讓這個望天宮『出點事情』，給這群人一點教訓。」另一個人的聲音有些討厭，而且柯柯還聞到一種很特殊的菸味。

柯柯想到以前去爸爸公司的時候，有外國客戶好像也是抽一種菸，會有這種特殊的味道……

柯柯和嘉嘉都沒說話，接著沒有任何聲音，似乎外面沒有人了。

「嘉嘉，應該沒有人了，我確定一下。」柯柯小聲的說著，一個人躡手躡腳的走出角落，想往門口走去，但是還沒走到門口，就聞到一股很濃的燒焦味！

「這味道是？」柯柯有一種不祥的預感，瞬間一股濃煙衝向自己！

「哇啊啊！」柯柯嚇了一大跳，重重的跌坐在地上！

是火災！倉庫失火了！

「哇啊！失火了！」柯柯大聲的叫了出來！柯柯趕緊站起身，衝到倉庫外面！

濃煙越來越強！整間倉庫在一瞬間已經陷入濃煙之中，這樣的發展讓柯柯腦海一片空白……現在該怎麼辦？一路跑出望天宮嗎？

嘉嘉？嘉嘉呢？突然發現嘉嘉不在身邊的柯柯，開始緊張了起來！嘉嘉還在倉庫的角落裡面！要回去帶嘉嘉出來嗎？

11　望天宮大火

「嘉嘉？嘉嘉！失火了！妳快出來！」柯柯對著倉庫內喊著！

沒有任何回應，嘉嘉沒有回應柯柯！

「怎……怎麼辦……」柯柯感到害怕了！看著濃煙和已經燒起來的倉庫，柯柯已經腦袋中一片空白！

「先叫救命……」柯柯一鼓作氣，大聲喊著：「救命啊！」

這一聲救命是柯柯用盡了全力喊出來的！

「嗚嗚……」倉庫內傳來微弱的哭聲……

是嘉嘉！

柯柯也不知道該如何是好，想衝進去救嘉嘉，卻又看到濃煙這樣竄出，讓柯柯感受到極大的恐懼！但是要衝出望天宮的話，嘉嘉怎麼辦？等人來救，又會有誰來呢？

「不行！一定要先把嘉嘉帶出來！」柯柯看著門口，猶豫著要不要進去……火越來越大，滿倉庫都是濃煙，柯柯也是怕得發抖。

「我……我在發抖？……」第一次，讓柯柯怕到發抖。柯柯看著發抖的雙手，再看看濃煙的倉庫……不然先逃走吧！找大人進來救嘉嘉也可以啊……

轉過身去想跑出望天宮的柯柯想起了和嘉嘉相遇到現在，都是嘉嘉陪伴著自己……

*

「柯柯……我怕……」嘉嘉一直都用水汪汪的大眼睛看著柯柯。

「不要怕，我會保護妳的。」柯柯一直都保護著嘉嘉。

「嗯！」破涕爲笑的嘉嘉，滿滿的笑容，眼神中的恐懼，瞬間消失得無影無蹤。

眼神中，充滿著信賴——一個能夠完全相信對方的眼神。

*

「我……我怎麼能夠背叛嘉嘉的眼神！要保護嘉嘉的人是我！」

柯柯咬著牙！又衝進倉庫內！

「嘉嘉！嘉嘉！」柯柯邊喊著，邊衝進去，在原本的角落內，傳出嘉嘉的哭聲。

11 望天宮大火

「嘉嘉！快點站起來！倉庫失火了！」柯柯隱約知道方向，走到角落前發現了坐在地上哭泣的嘉嘉。

柯柯拉住嘉嘉的手，想拉起嘉嘉。「嘉嘉！快一點！要趕快離開這裡！」柯柯用力拉著嘉嘉，卻發現嘉嘉還是癱坐在地上！

「嗚嗚……人家會怕……」嘉嘉緊緊抱著小吉，把自己縮成一團。

「嘉嘉！嗚！」濃煙越來越強！柯柯開始覺得呼吸很困難！

柯柯邊拉著嘉嘉，邊緩緩的移動到倉庫中間……這時候的嘉嘉感覺起來比平常還重，讓柯柯不好移動……

「嗚嗚……柯柯……我怕……」嘉嘉哭著抱著小吉，完全的沒有力氣。

柯柯也感覺疲憊萬分，跌坐在嘉嘉旁邊。

身爲菁英的柯柯，總是藐視著比自己還差勁的同學。享受著眾人羨慕的眼光和出盡鋒頭的自己……不論是鋼琴演奏會、小提琴演奏會上，讚美和驚嘆的聲音讓柯柯知道，自己的未來前途無量。比起一般的學生，將出國視爲家常便飯的柯柯，還有什麼可以難倒菁英的自己？

還沒解開外星人的陰謀就要被火燒死了，這算是最遺憾的事情。還有要是自己不把嘉嘉強拉過來，或許也不會害死嘉嘉了吧？

柯柯邊用手撫摸著嘉嘉的背，邊對著嘉嘉說：「嘉嘉……對不起……」

「嗚嗚……沒關係……」嘉嘉邊流著眼淚，邊發著抖說：「我、我沒有怪柯柯……只是我怕得走不動了……柯柯，你快點走，不要管我了……」嘉嘉說完，用手輕輕的推著柯柯，要柯柯快點離開。

「嘉嘉，我要帶妳走……」柯柯再一次的嘗試要拉起嘉嘉，卻完全的拉不動。

要死在這裡了嗎？爸爸……媽媽……

柯柯再一次的想起爸爸和媽媽的臉，真想和爸爸跟媽媽再見一次面；真想讓爸爸和媽媽看到，柯柯在阿嬤家也學會了扮家家酒、玩戰鬥卡；自己和嘉嘉一起到處跑來跑去的樣子；以及對抗邪惡外星人，努力揭穿外星人陰謀的自己。

再怎麼想……就是要活下去！

「救命啊！」柯柯又大聲喊了一次！柯柯希望能夠和嘉嘉脫離這次險境！

活下去！一定要活下去！再一次的讓爸爸和媽媽看到已經成長的自己！

11 望天宮大火

濃煙和火勢越來越強！已經快看不到眼前的狀況了……

柯柯閉上眼睛，緊緊的牽著嘉嘉的手，嘉嘉仍然一直哭泣著……

就這樣結束了嗎？

「柯柯！」一個女孩子的聲音叫著自己的名字！

柯柯張開眼睛！在眼前出現的，是玉婷！柯柯一直瞧不起的玉婷！

「柯柯！你沒事吧？起得來嗎？」玉婷滿臉擔心的問著！是玉婷來救自己了！

柯柯看到玉婷，趕緊說著：「我……我起得來……可是……嘉嘉……」柯柯想要拉起嘉嘉，嘉嘉仍然起不來。

玉婷轉過身，把嘉嘉揹在自己背上，接著拉著柯柯喊著：「沒有時間了！快點！」

柯柯跟著玉婷跑出去！剛衝出倉庫，就聽到背後傳來「咖啦！」的聲音，倉庫整個崩塌了！要是再晚個幾秒鐘，恐怕柯柯和嘉嘉都要葬身火海！

「咳咳！咳咳！」在玉婷背上的嘉嘉，因爲濃煙的關係，咳嗽個不停！

「毛巾只有一條……嘉嘉！妳拿著！」玉婷將濕毛巾拿給背上的嘉嘉，嘉嘉迷

迷糊糊的接住。柯柯跟著玉婷慢慢前進，濃煙也嗆到讓柯柯受不了！柯柯咳了幾聲，身體也越來越無法負荷！

玉婷牽著柯柯，在一個角落坐下來。「咳！咳咳！……柯柯……快點趴著，趴在地上……地上的濃煙比較少……」

柯柯和嘉嘉無力的趴在地上，不停的喘著氣；玉婷也因爲濃煙的影響，無力的倒在兩人身邊。

「……就這樣結束了嗎……」玉婷的意志越來越模糊，自言自語的說著，接著完全發不出聲音，想要喊救命卻毫無力氣喊……

柯柯看了一眼玉婷，玉婷也倒在地上。難道一切都要結束了嗎？柯柯大力的喘著氣，往旁邊一看，嘉嘉也在自己身邊。

「嘉嘉……我要保護妳……」柯柯用手牽住嘉嘉，嘉嘉似乎也有發現，用力的握緊柯柯的手。

柯柯和嘉嘉趴在地上大力的喘氣著，眼前除了濃煙，看不到什麼東西。

「爺爺……」玉婷在旁邊虛弱的唸著，接著大聲的喊著：「爺爺！……爺

11　望天宮大火

爺！」

在玉婷大喊之後，柯柯聽到遠處似乎有人說話的聲音！柯柯緊緊的握著嘉嘉的手，在濃煙中看到了好幾個穿著消防制服的人。

消防人員將柯柯和嘉嘉抱起，帶到望天宮外。

柯柯看到阿嬤哭喊著叫著自己，接著失去了意識……

12. 神秘空地

「柯柯！柯柯啊！」阿嬤邊哭邊在柯柯床邊喊著。

「阿嬤，我沒事啦……」柯柯嘆了一口氣，看到阿嬤擔心得一直哭，柯柯也覺得很過意不去。

柯柯和嘉嘉都沒有受到太大的傷害，好在他們吸到的濃煙不多，觀察個幾天就可以出院；只是來救兩人的玉婷，到現在都還沒有恢復意識。

「唷！好一點了沒？」柯準穿著望天宮的上衣，出現在柯柯的病房內。

「小堂哥！你今天沒有去望天宮嗎？」柯柯看到柯準，問著望天宮的消息。

柯準邊挖著鼻孔邊說：「沒有，因爲望天宮失火所以很多事情他們在忙。你呢？那時候有沒有哭？」

「沒有！」柯柯心想著：「怎麼又是這個問題？」

這時候病房門又打開了，是長得像熊貓的沈主委伯伯，帶著水果來看柯柯了。

「柯柯！好一點了沒有？我帶蘋果來給你們吃喔！」沈主委邊微笑著，邊把水果拿給阿嬤，接著沈主委和阿嬤開始說起台語來。

柯準邊挖著鼻孔，邊問柯柯：「柯柯，你怎麼會在倉庫失火的時候在那邊？你

12　神祕空地

不是當天早上就跑出去了嗎？」

「我剛好想去調查看看上次看到的外星人……」柯柯看著柯準回答。

「外星人？……喔！你說上次你弄壞的大仙尪仔，那個因爲別的地方有活動，就有人先帶過去了。幹嘛？火是你放的嗎？」柯準皺著眉頭問。

柯柯搖搖頭說：「才不是！……可是有一件事很奇怪。」

「很奇怪？什麼事情很奇怪？」柯準問著柯柯。

「就是……」柯柯努力回想著當時的情況。「我那時候聽到有人在說話，而且還聽到有人說『王老闆』……」

「王老闆？」沈主委突然楞了一下，望著柯柯問：「你說的是真的嗎？」

柯柯點點頭說：「嗯！是真的。我還聞到一種很特殊的菸味。」

「特殊的菸味？」沈主委皺著眉頭思考。

「對。」柯柯邊點頭邊說：「我以前在爸爸的公司有看人抽過一種很奇怪的菸，很粗又會發出奇怪的味道。」

「很粗？又會發出奇怪的味道……」沈主委沉思了一下。「難道是雪茄？……」

阿嬤問著沈主委，沈主委也和阿嬤說了一些話後，沈主委走到門口。

「柯柯，你好好休息，我會請警察調查失火的原因，祝你早日康復。」沈主委說完後，匆忙的離開。

柯柯突然想到嘉嘉，趕緊問柯準：「對了，嘉嘉還好嗎？」

「嘉嘉啊！她跟你一樣這兩天就能出院了……只是野丫頭玉婷啊……唉！」柯準嘆了一口氣，繼續說著：「要去看看她嗎？」

柯柯點了點頭，跟著柯準一起去看玉婷。

玉婷病房內除了玉婷的爺爺外，還有一個女孩子也在。

柯準問那位女孩子說：「嘟嘟，玉婷醒來了嗎？」

「還沒……醫生說這幾天還要加強觀察，不知道玉婷有沒有傷到腦部……」被稱作嘟嘟的女孩子難過的說著。

玉婷躺在床上，一動也不動，這讓柯柯看得非常難過。

一直以來自己討厭的玉婷，卻救了自己，這讓柯柯又慚愧又後悔。

12　神祕空地

*

「我們來摺紙星星吧！」嘉嘉對著柯柯說。

「紙星星？」柯柯不解的問著。

柯柯和嘉嘉很快就出院了，但是不知道什麼原因，玉婷仍然昏迷不醒。今天是玉婷住院的第三天，嘉嘉拿了一疊色紙，跑到柯柯家來。

「就是……用紙摺成紙星星的樣子……來希望病人的病快點好起來……」嘉嘉邊說，邊教柯柯怎麼摺紙星星。

兩人一直摺，不知不覺摺到中午，阿嬤帶了便當回來給柯柯，阿嬤問了一些話，可惜柯柯聽不太懂，這時嘉嘉幫忙翻譯。

「你阿嬤問……你身體還不舒服嗎？」

柯柯搖搖頭，對嘉嘉說：「幫我跟阿嬤說，我沒有不舒服。」

阿嬤點點頭，交代幾句又離開了。

「這幾天望天宮很忙，要把一些被火燒到的地方修好……」嘉嘉解釋著剛剛柯柯阿嬤說的話。

「比起火災的望天宮，我比較介意上次我們在小山坡上看到的空地。」

「嗯……」嘉嘉邊摺著紙星星，邊問柯柯：「要去小山坡上看看嗎？」

「好，我們去看看吧！」柯柯牽著嘉嘉，兩人往小山坡上走去。

「柯柯……我問你唷……」嘉嘉邊走，邊問著。

柯柯沒有回頭，直接問嘉嘉：「怎麼了？」

「那時候火災，我嚇得走不動了……你爲什麼不一個人離開呢？」

嘉嘉一問完，柯柯就停下腳步。

柯柯轉過頭看了嘉嘉一眼，慢慢的說著：「因爲……因爲……」

「嗯？」嘉嘉一臉疑惑。

「因爲，我答應要保護妳了啊……如果把妳丟下來，我會很難過的……」柯柯說完，又轉過頭，背對著嘉嘉。

「嗯……」嘉嘉點點頭，臉上露出了微笑，輕聲的說：「謝謝你，柯柯……」

「喔……好啦！我們快點前往小山坡吧！」柯柯有點害羞的繼續牽著嘉嘉，往小山坡上走去。

12　神祕空地

柯柯和嘉嘉爬上小山坡，從小山坡上望去，風景還是一樣漂亮；風徐徐的吹來，讓炎熱的夏天感覺起來舒服多了。柯柯望向之前看到的神祕空地，發現跟之前相比又多了好幾根粗大的木頭外，也多了很多燈籠狀的裝飾品。

看起來，更加神祕了！

柯柯指著那塊神祕空地，對著嘉嘉說：「嘉嘉，妳看！那邊又多了好多東西！」

「真的耶……」嘉嘉邊看，邊把小吉抱得緊緊的。

「走吧！這次一定要調查清楚神祕空地的真相！」

柯柯說完，牽著嘉嘉前往神祕空地，兩人往神祕空地的方向前進。

柯柯和嘉嘉要前往神祕空地，一定要經過望天宮；之前因爲碰到望天宮火災，才會沒有去成神祕空地。

嘉嘉問柯柯：「今天……直接去神祕空地嗎？」

柯柯看向望天宮，有很多人在整修望天宮，但是去燒香拜拜的人並沒有影響，廟口和望天宮的人還是絡繹不絕。

「今天我們直接前往神祕空地，就不要在望天宮逗留了。」柯柯邊說邊牽著嘉嘉繼續往神祕空地方向走去。

嘉嘉有點害怕的問著：「真的沒關係嗎？……那個空地……不知道是在舉行什麼儀式的說……」感到害怕的嘉嘉，越走越慢。

「不要怕，我一定會保護妳的。」柯柯非常堅定的說著，不管出現外星人還是什麼，自己都會保護著嘉嘉。

離開了廟口的範圍，兩人心中都有些不安，讓柯柯好幾次都想要牽著嘉嘉往回走，但是柯柯一想到外星人若是侵入地球，人類和地球就危險了！柯柯鼓起勇氣，繼續往神祕空地走去。

走了一段距離，總算看到遠遠的地方出現了好幾根突兀的高大木頭！

「看到了！……就是那個！」柯柯指著遠遠的高大木頭，跟嘉嘉說著。

「嗚嗚……人家會怕……」嘉嘉跟著柯柯越來越靠近，也越來越害怕。

兩人走到高大木頭下方，望著高大的木頭頂端……頂端似乎綁著一些東西。

「這些，到底是什麼東西……要舉辦什麼儀式嗎？……難道要迎接外星人

12 神祕空地

嗎？」柯柯邊看著，邊覺得事情並不單純。

柯柯正在看的時候，旁邊有人叫了柯柯的名字。

「柯柯，你怎麼會在這裡？喔！還有嘉嘉。」

柯柯轉過頭去看，發現是沈主委伯伯。沈主委伯伯吃著甘蔗，附近也有很多人看起來在整修這個神祕的木頭。

「沈主委伯伯您好。」柯柯和沈主委伯伯打招呼，嘉嘉躲在柯柯後面看著沈主委伯伯。

沈主委伯伯看到嘉嘉躲在柯柯後面，笑笑的說：「這麼害羞的嘉嘉還那麼信任柯柯你，真是兩小無猜啊……」

沈主委伯伯自言自語著說完後，接著問：「對了，你們怎麼跑到這裡來？這裡在做準備，不要隨便靠近。」沈主委伯伯邊吃甘蔗，邊趕著柯柯和嘉嘉離開這裡。

柯柯鼓起勇氣問道：「請問！這裡……是要做什麼嗎？」

「這裡？」沈主委伯伯看著柯柯，邊咬著甘蔗說：「這裡是……嗯！農曆七月底有個神明的儀式，那天所有的神明都會聚集在這裡。」

「什麼！所有神明！」柯柯不敢置信的看著沈主委伯伯。所有神明……就是外星人都會來到這裡！雖然是夏天的下午，柯柯卻冒著冷汗看著木頭。

「那天這裡會舉辦比賽，誰能夠到最上方奪到神明的代表物品，除了可以獲得幸運之外，也可以送神明離開。」沈主委伯伯咬了幾口甘蔗，隨口吐到地上。

柯柯聽到這裡，眼睛一亮，小心的問：「如果……如果可以拿到上方的代表物品，就可以送所有神明離開嗎？」

「嗯！是這樣沒錯啦！」沈主委伯伯又咬了幾口甘蔗說：「只是這也是很困難的事情，要拿到神明的代表物品，獲得比賽勝利不是很簡單的事情啊！」

「我也可以參加嗎？」柯柯問著沈主委伯伯，想要親自阻止外星人的降臨！

沈主委伯伯看看柯柯，大聲笑著：「哈哈……你還太小不行參加這次的比賽，不過柯準，也就是你的小堂哥，確實是代表望天宮參加這次比賽喔！」

「小堂哥！」柯柯想到幾乎沒看到柯準，看到柯準的時間也都是穿著望天宮的衣服，跟著望天宮的人在一起，原來是要來參加這個比賽！

柯柯轉過頭看著嘉嘉說：「這樣的話……只要能搶到神明的代表物，就可以送

12 神祕空地

所有神明離開！這樣的話我們快點去找柯準吧！」

嘉嘉點點頭，原先擔心的表情也緩和了許多。

「沈主委伯伯，請問有看到柯準嗎？」柯柯問著沈主委伯伯，這陣子柯柯很少會碰到柯準，有時候柯準甚至直接在外面過夜沒回來睡。

「柯準啊……」沈主委伯伯把最後的甘蔗渣吐掉後說：「他們在另一邊練習，你可以去那邊找他們。」沈主委伯伯指向高大木頭的另一邊方向。

「好！謝謝沈主委伯伯！」柯柯回過頭對著嘉嘉說：「走吧！我們馬上去找柯準跟他說這件事！」

「好。」嘉嘉點點頭，牽著柯柯跟著他一起往另一邊方向跑去。

看著柯柯和嘉嘉跑走，沈主委伯伯又拿了一根甘蔗繼續啃著。

「兩人感情真好。」沈主委伯伯咬甘蔗的「喀滋」、「喀滋」聲音特別明顯。

*

「等一下！你們說慢一點啦！」柯準邊挖著鼻孔看著柯柯和嘉嘉兩人。

「就是！必須要搶到上面神明的信物！阻止外星人入侵！」柯柯大聲的說著。

「啊？外星人入侵？你到底在說什麼啊？被太陽曬昏了嗎？」柯準帶著嘲笑的表情對著柯柯說。

「我沒有曬昏！」柯柯有點生氣的說：「總之！一定要搶到最上方的神明信物！這樣才可以讓全人類獲得平安！」

「哈哈哈……看你急成這樣！」柯準大聲的笑著說：「我懂你的意思啦！不用你說我們也要代表望天宮獲得勝利啊！」

「真的嗎？一定要贏啊！不然會有大災難發生啊！」柯柯大聲的說著。

「噗哈哈哈……大災難？是你哭嗎？你哭了就有大災難了唷！」柯準又開始大聲的嘲笑柯準。

這時有穿著望天宮衣服的人叫了柯準的名字，柯準對著他們揮揮手。

「好啦！我要先去練習了，我就是負責最後爬上去的人啊！」柯準對著柯柯說完，就跑回去練習了。

「這樣子……也只能希望柯準可以順利拿到神明的信物了……」

柯柯看著高大的木頭，陽光照下來讓高大的木頭更添加了神祕的感覺……

13. 廟口騷動

「哇！好可愛的小雞唷！」嘉嘉滿臉開心的看著一籠滿滿的小雞。

「是啊！摸起來暖呼呼的。」柯柯手上捧著一隻小雞，小雞發出「啾啾啾」的叫聲。

聽到玉婷姐姐恢復意識，嘉嘉和柯柯都非常高興！兩個人跟著阿嬤要前往醫院看玉婷姐姐的途中，卻被一攤賣小雞的攤位給吸引住，嘉嘉和柯柯都在攤位前看小雞。

「你們也喜歡小雞嗎？」在攤位前面的一個小姐姐這樣問著。

嘉嘉用手抱起一隻小雞，高興的說：「對呀！小雞抱起來暖呼呼的，感覺也好可愛唷！」

「是呀！我自己也有養一隻小雞，我走到那裡都會一直帶著牠。」攤位前的小姐姐從自己的圍裙口袋中抱起一隻小雞。

柯柯看到笑了出來，說：「這樣看起來好像袋鼠媽媽帶著小雞一樣。」

小姐姐點點頭說：「是呀！我就是看到圍裙才有這樣的靈感，這件圍裙也是特別請媽媽幫我把口袋縫大一點呢！」

13　廟口騷動

嘉嘉看著小姐姐手上抱的小雞，小聲的問著：「感覺起來……小姐姐妳懷中那隻小雞特別小隻呢……」

「是呀……」小姐姐摸摸小雞的頭，小聲的說著：「因爲這孩子身體特別瘦弱，所以我特別照顧著牠。希望牠能爲自己還有我們帶來幸福，所以我叫牠多利唷！」

「多利……」柯柯想了一下說：「聽起來蠻像狗狗的名字。」

「不是狗狗啦！是雞。」小姐姐有點尷尬的笑著。

「有人會養小雞當寵物嗎？」柯柯問著。

小姐姐搖搖頭，摸著多利的頭說：「很少人會把小雞當寵物，這裡附近的人也是把雞當作肉雞在養，等時間到了就把雞殺掉吃掉了。」

「什麼？……也要把多利吃掉嗎？」嘉嘉看著多利和眼前「啾啾」叫的小雞，眼眶開始充滿眼淚。

小姐姐搖頭說：「我不會把多利吃掉啦……多利是我最心愛的朋友，我不可能捨得吃掉牠的。」

這時阿嬤用台語催促著，嘉嘉轉過頭來跟柯柯說：「柯柯，你阿嬤在催促我們要快一點，還要去醫院看玉婷姐姐。」

柯柯點點頭，站起身牽著嘉嘉說：「那我們走吧！賣小雞的小姐姐謝謝妳。」

「不客氣，有空再過來玩唷！」賣小雞的小姐姐揮揮手，多利似乎也跟兩人道別「啾啾」的叫了兩聲。

「小雞好可愛唷！」嘉嘉笑笑的說著。

離開了廟口後，阿嬤帶著柯柯和嘉嘉坐公車一起前往醫院。醫院的位置說遠也不遠，但是走路的話也是需要一段時間。

到了醫院門口，三個人一起坐電梯前往玉婷姐姐的病房樓層；電梯打開時，柯柯看到了意外中的人物。

「咦？廟口孩子王小傑？」柯柯喊了出來。

「哇！」小傑似乎嚇了一跳！轉過頭看發現是林美麗阿嬤和柯柯，嘆了一口氣。

柯柯問著：「小傑，你也是來看玉婷姐姐的嗎？」

13 廟口騷動

「才、才不是咧！我只是剛好經過而已……」小傑撇過頭去，不太願意承認。

「這樣啊……那我們要去看玉婷姐姐了。」柯柯想要牽嘉嘉離開，卻突然被小傑攔了下來。

「等、等一下啦……想麻煩你們一下。」小傑結結巴巴的說著，把手上的一袋東西拿給柯柯。

「這是什麼？」柯柯看著那一袋問著。

「這是……這是我準備要給玉婷那個野丫頭吃的……幫我拿給她。」小傑一手拿著那袋東西，邊撇過頭說著。

「……怎麼不自己拿給玉婷姐姐呢……」嘉嘉在後面小聲的說。

「少囉唆！我這個廟口孩子王沒那麼多時間！」小傑大聲的說著！這讓嘉嘉嚇得躲在柯柯後面，又快哭出來了！

「嘉嘉別哭……」柯柯轉過頭瞪著小傑說：「可以不要那麼兇嗎?拜託人還是這種態度嗎？」柯柯的口氣也非常不高興。

「嘖！」小傑的表情也不太高興，可是想一想，覺得也是自己理虧，小聲的對

著柯柯說：「我知道了啦！真對不起，幫我拿給玉婷可以嗎？拜託你！」

柯柯點點頭說：「好，我知道了。」柯柯邊說邊收下了那一袋東西。

「那就這樣！我先走了！」小傑說完就跑到電梯前，坐電梯下去了。

柯柯看到小傑離開，好奇的看著袋子內的東西說：「這是什麼？」

袋子內是紅紅的東西，看起來像是一種可以吃的食物。

阿嬤看了一下袋子，說了幾句，嘉嘉幫忙翻譯：「你阿嬤說，這是『紅龜粿』。」

「『紅龜粿』？玉婷姐姐很喜歡吃嗎？」柯柯納悶的說著。

來到玉婷姐姐的病房，玉婷已經坐在床上和她旁邊的朋友說話；阿嬤和玉婷姐姐說了幾句台語，看起來像在問候，玉婷姐姐笑笑的點點頭。

「啊！是你們這兩個小孩！玉婷爲了救你們，差點連命都丟了！你們怎麼連一句謝謝都沒有呢？」玉婷姐姐旁邊的一位朋友對柯柯和嘉嘉抱怨著。

「嘟嘟，沒關係啦！他們也不是願意的呀……當時火真的很大呢！」玉婷姐姐對那位叫做嘟嘟的朋友說著，有點尷尬的笑一笑。

13 廟口騷動

「謝謝玉婷姐姐……」柯柯對著玉婷姐姐，恭敬的說。

嘉嘉看柯柯道謝，也趕緊跟著說：「玉婷姐姐謝謝……這個給妳……」嘉嘉說完，拿出了一個裝滿紙星星的玻璃瓶給玉婷姐姐。

玉婷姐姐笑笑的接下來說：「哇！謝謝你們，這個真可愛。」

「這個是我和柯柯一起摺的紙星星，希望玉婷姐姐早日康復……」嘉嘉害羞的說著。

「原來是紙星星呀！」嘟嘟走到玉婷姐姐身邊說：「能摺到滿滿的一瓶，也算是他們有心。」

「哈哈……嘟嘟不要這樣說嘛！我當初救他們也不是爲了要他們感謝我呀！再說他們真的也很用心摺了紙星星給我了呀！」玉婷姐姐笑笑的看著瓶子內的紙星星。

「可是……可是，我一想到玉婷就這樣陷入危險，我又忍不住要哭出來了呀……都怪妳！爲什麼做事那麼衝動呢？」嘟嘟對著玉婷姐姐抱怨，一臉快哭出來了的樣子。

玉婷姐姐笑笑的說：「好了啦！不要哭了，我這幾天做完檢查就可以出院了，到時候再一起去廟口吃美食好嗎？」

「嗯嗯！」嘟嘟聽玉婷姐姐這樣說，也恢復了笑容。兩個人互相看了一眼，大聲的笑了出來。

「啊！還有這個東西。」柯柯把那一袋小傑給的東西拿給玉婷姐姐。

玉婷姐姐接過來問：「是什麼東西啊？」

「是廟口孩子王小傑要我拿給玉婷姐姐的。」柯柯回答。

「這是？」玉婷姐姐看了看後說：「這是『紅龜粿』？」

「紅龜粿？爲什麼小傑要送這個給玉婷呢？」嘟嘟看了看紅龜粿，問著玉婷姐姐。

「該不會是因爲那張畫吧？」玉婷姐姐和嘟嘟互相看了一眼。

「畫？因爲我畫的望天宮那張畫看起來很像紅龜粿嗎？」玉婷姐姐不太高興的說著。「真是氣死我了！把這袋紅龜粿丟掉好了！」玉婷姐姐說完，氣得把紅龜粿交給嘟嘟。

13　廟口騷動

「不要生氣嘛！紅龜粿也很好吃呀！還可以討個吉利呢！」嘟嘟笑笑的說。

「不要！」玉婷姐姐嘟著嘴巴，撇過頭說。

柯柯和嘉嘉互相看了一眼，柯柯也苦笑著。

過了幾天，玉婷姐姐也順利出院，這讓柯柯和嘉嘉都鬆了一口氣。柯柯爲了等柯準在之後的活動能順利拿下勝利，也乖乖的等待著。

「來吧！小吉，乖乖的和媽媽一起吃早餐唷！」

嘉嘉今天來到柯柯家裡面，和柯柯一起玩扮家家酒；柯柯也習慣了和嘉嘉一起玩扮家家酒，很認真的陪著嘉嘉玩。

「來吧！我們來幫小吉換衣服吧！他穿的那件似乎弄髒了。」柯柯想要幫小吉換衣服，把小吉抱了起來。

「等一下！我先去幫小吉拿衣服，女生沒穿衣服不好唷！」嘉嘉阻止要幫小吉脫衣服的柯柯，跑回隔壁去拿衣服。

看著小熊娃娃，柯柯小聲的說：「原來小吉是女生啊……我看這隻小熊玩偶一直以爲是男生呢……」柯柯捏著小吉的熊掌，感覺這隻玩偶真的讓嘉嘉很重視。

過了幾分鐘，都還沒看到嘉嘉回來，柯柯無聊的幫小吉的東西整理了一下，過了大約半小時，嘉嘉跑回來了。

「柯柯……」嘉嘉小聲的說著，邊抱起了小吉。

「等一下喔……我已經把小吉的東西整理成一袋，可以把髒的東西等一下一起洗一洗，會比較乾淨。」柯柯拿起了整理出來小吉的東西，裝成了一袋。

「柯柯……廟口那裡好像有事情發生了……聽說有一群人要把廟口拆掉……」

「咦？真的嗎？妳那裡聽到的？」柯柯聽到後，也緊張了起來。

「剛剛我阿嬤跟鄰居在聊天，我在旁邊聽到的……」嘉嘉抱著小吉，小聲的說著。

柯柯牽起嘉嘉的手後說：「走！我們到廟口去看看。」

嘉嘉點點頭說：「好……」

兩個人一起往廟口方向跑去。

*

廟口前一片混亂！除了推土機和幾台大型的工程車子之外，還有一群穿著西裝

13 廟口騷動

的人跟一群工人在廟口前站著！

「哇……現在是發生什麼事了？」柯柯驚訝的看著，嘉嘉也怕得躲在柯柯後面。

柯柯望了望廟口市場，發現之前賣小雞的小姐姐也在旁邊看著。

「嘉嘉，妳看，那位不是之前賣小雞的小姐姐嗎？」柯柯指著那位小姐姐說。

嘉嘉看了一下回答：「對耶……是那位帶著多利小雞的小姐姐。」

「我們過去問她看看！」柯柯牽著嘉嘉跑過去。

「請問……」柯柯在賣小雞的小姐姐旁邊問著。

「嗯？」賣小雞的小姐姐轉過頭看了柯柯和嘉嘉後說：「是你們呀……」

「請問，發生了什麼事情？」柯柯問著。

賣小雞的小姐姐指著工程車那裡說：「我和爸爸今天來望天宮市場想要賣雞，結果一早就碰到他們說都市更新要把市場拆了……要我們快點離開……」

「今天也是賣小雞嗎？」嘉嘉小聲的問著。

賣小雞的小姐姐搖搖頭說：「不是……今天是爸爸要來賣長大的雞……」

遠處的工程車發出很大的聲音！讓三人嚇了一跳！

「哇！發生什麼事了？」柯柯望向那邊，推土機緩緩的朝市場移動過來！

「小琪！快點過來！」市場裡面有人喊著。

「好！我馬上過去！」賣小雞的小姐姐聽到後跑了過去。柯柯和嘉嘉看了一眼，發現賣小雞的小姐姐正在緊張的收拾東西和整理裝著雞的雞籠。

「柯柯！你看那邊！」嘉嘉指向推土車的方向！

柯柯望過去，不禁大聲喊著：「啊！那不是玉婷姐姐嗎？」

玉婷大聲的阻止推土機前進市場，吵了幾句後，玉婷姐姐被一個西裝男子狠狠的打了一巴掌倒在地上！

「哇！玉婷姐姐被打了！」柯柯看到嚇得叫出來！

「你看！那個人！」嘉嘉又指著那邊！

是廟口孩子王小傑！他衝向西裝男子那邊對西裝男子拳打腳踢的！

「小傑……他在幫玉婷姐姐……」嘉嘉小聲的說著，躲在柯柯後面。

「啊！小傑被踢到肚子了！」柯柯也叫了出來！

13 廟口騷動

西裝男子受不了小傑的攻擊，竟然猛力朝小傑肚子踹下去！小傑倒在地上後又被西裝男子踢了幾腳，倒在地上不動了。

嘉嘉看到這樣的情景，嚇得哭了出來，哭著說：「怎麼辦？好可怕唷！嗚嗚……」

「我也不知道該怎麼辦……對方好過份。」柯柯看到這樣的狀況，也是一點辦法也沒有。看到玉婷姐姐和小傑被打，旁邊的人也很生氣，大聲的抗議著。

場面越來越混亂，推土機緩緩的開過來！

「嗚……推土機要過來了……」嘉嘉哭著說。

「不要待在那邊！快離開！」賣小雞的小姐姐跑到柯柯旁邊，帶著柯柯和嘉嘉往旁邊跑過去。

「啊……賣小雞的小姐姐……」柯柯說著。

「叫我小琪姐姐……不要靠近市場，太危險了！」小琪姐姐把兩個人帶到稍微旁邊的地方，將兩人放在那邊。

「嗚嗚嗚嗚……好可怕……」嘉嘉嚇得一直哭。

「不要哭……」柯柯安慰著嘉嘉。

「啾！」多利突然從小琪姐姐口袋中鑽出頭來。

嘉嘉突然看到多利，馬上不哭笑了出來說：「啊！是多利！」

「是呀！是多利。」小琪姐姐笑笑的安慰著嘉嘉：「妳看！多利也叫妳不要哭唷！」

嘉嘉輕輕的摸摸多利暖呼呼的身體，情緒也安穩了許多。

過了不久，警察過來將那個打人的西裝男子帶走後，工程車也開走了。

人群散了後，廟口市場似乎也恢復了平靜。

柯柯牽著嘉嘉說：「走吧！我們去看看玉婷姐姐！」

兩個人跑到玉婷姐姐身邊，剛好看到廟口孩子王小傑在追著一群男孩子。

「喔！小傑男生愛女生！」

「你們說什麼！可惡！別跑！」小傑又跑去追那群男生，男生們也一哄而散。

「玉婷姐姐！妳沒事吧？」柯柯問著玉婷姐姐。

玉婷姐姐看到柯柯和嘉嘉，笑笑的說：「我沒事，能夠阻止他們破壞廟口，這

13　廟口騷動

一點傷不算什麼。」

嘟嘟走到玉婷姐姐身邊說：「真是的！看妳被打真的快嚇死我了！那個王老闆真的很過份！竟敢對玉婷對粗！打女孩子的人最差勁了！」

「沒事的。」玉婷姐姐笑笑的說。

「走吧……我幫妳擦藥……」嘟嘟牽著玉婷，準備帶玉婷到旁邊擦藥。

嘟嘟將藥擦在玉婷的臉上，玉婷忍不住喊了出來！

「痛！……」

「好、好，我輕一點唷！不痛不痛！痛痛飛走囉！」嘟嘟輕聲的安慰著玉婷姐姐。

玉婷姐姐聽到嘟嘟這樣說，忍不住笑了出來：「噗！妳把我當幼稚園小孩呀！」

嘉嘉也伸出手放在玉婷姐姐手上說：「痛痛飛走囉……」

「妳看！連嘉嘉也這樣跟我說啦！哈哈！」玉婷姐姐大聲的笑著。

「玉婷姐姐……我可以問妳嗎？」柯柯突然嚴肅的問著玉婷姐姐。

「嗯？你問吧！」嘟嘟正在玉婷姐姐臉上貼著紗布，玉婷姐姐看著柯柯回應著。

柯柯稍微停了一下，認真的問著玉婷姐姐：「爲什麼玉婷姐姐今天在那麼多人面前，有勇氣阻止他們跟推土機？妳不會怕嗎？」

玉婷姐姐看了一眼嘟嘟，接著對柯柯笑著說：「會呀！我當然會怕。」

「會怕……那爲什麼還敢衝過去呢？」嘉嘉也小聲的問著。

「當然會怕呀……」玉婷姐姐低下頭苦笑，接著抬起頭看著柯柯說：「可是，爲了保護我最重視的廟口和我最重視的人，再害怕我都要挺身而出。因爲我喜愛著這裡、重視著這裡，除了我以外還有誰能保護呢？當我這樣想的時候，也就有勇氣衝過去了。」

「好了，先這樣吧！」嘟嘟貼完玉婷姐姐臉上的紗布後說：「玉婷真是大膽，什麼都不怕呢！」

「當然！誰敢欺侮廟口，我就要把他打扁！」玉婷姐姐得意的說著。

這時小琪姐姐走了過來，對著柯柯和嘉嘉說：「你們沒事吧？」

13　廟口騷動

「嗯！我們沒事。」柯柯向小琪姐姐點點頭。

「啾啾！」多利從小琪姐姐的口袋探出頭來，叫了幾聲。

玉婷姐姐突然從椅子上跳了起來！

「那、那是小雞？」玉婷姐姐的口氣突然緊張了起來！

「是小雞呀！」小琪姐姐抱起多利，放到玉婷姐姐面前說：「這是我養的小雞，名字叫多利唷！」

「不、不要拿過來！我最怕暖呼呼又軟綿綿的小動物了！」玉婷姐姐邊喊著邊往旁邊跑掉了！

「玉婷！等等我！」嘟嘟趕緊跑去追玉婷，兩人瞬間跑掉了！

「哈哈……原來玉婷姐姐怕軟軟的小動物呀！」柯柯笑笑的說著。

「多利明明很可愛呢！」嘉嘉摸著多利，和小琪姐姐相視而笑。

「保護重視的人嗎……」柯柯看著嘉嘉和多利玩著，邊想起玉婷姐姐的話。

不能把阻止外星人入侵的事情全部交給柯準，自己置身事外。如果柯準那天活動沒有成功的阻止外星人入侵地球，那麼……

「那麼我就要挺身而出！打倒外星人！」柯柯暗自決定，要保護地球上的大家。

＊

「哈啾！」柯準打了一個噴嚏！用手把鼻涕擦一擦，抹在衣服上。

「柯準啊！要顧好身體不要感冒啊！」旁邊的人交代著。

「好啦！」柯準看了看天空，一定要在活動開始前熟悉如何爬上頂端！

很快的……外星基地決戰的日子就要來臨……

14.
外星基地的決戰

「今天的風很大……」柯柯看著天空，有一種決戰的心情。

從上次廟口騷動後，柯柯和嘉嘉一直都在等待這天柯準的活動。阿嬤只知道柯柯也很期待今晚的活動，並沒有特別說什麼……當然要說什麼柯柯也聽不懂，只要柯柯平安的成長就好。

天氣雖然好，但是風很大，這也讓阿嬤擔心柯準的活動安全。阿嬤帶著柯柯和嘉嘉，一起來看今晚的活動。

「嘉嘉，今天就在我旁邊，不要到處亂跑。」柯柯對躲在身後的嘉嘉說。

「嗯……」嘉嘉點點頭，抱著小吉躲在柯柯背後。

高大的木頭都被塗上不知道是什麼的黑色液體。到了晚上燈也點亮了，高大的黑色木頭配上亮亮的燈，十分具有神祕色彩。周遭滿滿的人潮，看來今晚的活動會非常精彩！

阿嬤跟嘉嘉說了幾句話，嘉嘉對著柯柯說：「你阿嬤說……這個位置是望天宮大家的位置，然後叫我們乖乖在這裡不要亂跑。」

「人很多，我們也不會亂跑。」柯柯和嘉嘉找了一個位置，坐了下來。這裡看

14　外星基地的決戰

起來像是一個會場旁邊特別圍出來的地方，有很多人都穿著望天宮的衣服。阿嬤跟旁邊望天宮的朋友開始說起話來。

柯柯看了一下黑色木頭旁邊，柯準正和望天宮隊伍的人在說話。

「你看，在那邊的是柯準。」柯柯指著柯準說。

「真的嗎？我看看。咦？真的耶！」旁邊有一個女生的聲音。

柯柯嚇了一跳，不是嘉嘉的聲音，轉過頭去看才發現是玉婷姐姐。

「啊！是玉婷姐姐！」柯柯喊了出來。

玉婷姐姐開心的說：「太好了！總算寫完暑假作業趕上今天的活動了！」

「是呀……不然今天晚上就不能來看了。」嘟嘟在旁邊也笑笑的說著。

「玉婷姐姐……妳身體好一點了嗎？」嘉嘉小聲的問著。

玉婷姐姐點點頭，笑笑的說：「是嘉嘉呀！我已經完全康復了唷！啊！你們看！對面那隊不就是去年的冠軍隊伍嗎？」玉婷姐姐指著另一邊的方向。

「那裡那裡？是那一個？」嘟嘟望向玉婷姐姐指的方向，不知道是那一隊。

「全身黑衣服那一隊，衣服上用黃色的字寫著『黑龍隊』那一隊。」玉婷姐姐指的方向，有一隊確實穿著有黃字的黑衣服。

黑龍隊每一個人都是體形壯碩、滿身肌肉，感覺上就是非常厲害的樣子；相較之下，望天宮的隊伍就很瘦弱，尤其是柯準更是矮了人家一大截。

「哇……黑龍隊的人看起來好厲害呢！」嘟嘟也讚嘆著，接著又問：「玉婷，妳說那一個是林美麗阿嬤的孫子呢？」

「妳看，另一邊穿著望天宮衣服，隊伍裡面最矮的那個就是柯準。」玉婷姐姐指著柯準說。

「原來如此，希望望天宮隊伍可以拿下第一名！」嘟嘟笑笑的說著。

柯柯聽嘟嘟這樣說，小聲的跟著嘉嘉說：「柯準一定要拿下冠軍，如果沒拿下來……」柯柯說著突然停了下來。

「如果……沒拿下來？」嘉嘉不解的問著。

「如果沒拿到冠軍，我就要去把能夠將神明送走的代表物品……搶過來！」

「搶過來？」嘉嘉聽到柯柯這樣說，害怕得躲在柯柯背後。

天色越來越暗，隨著每個隊伍進場後，氣氛也越來越熱鬧，附近人山人海的，

14 外星基地的決戰

把周圍擠得水洩不通，而望天宮的大家也越來越興奮！

「哇……人越來越多了！快要開始了呢！」玉婷姐姐開心的說著，嘟嘟也在旁邊吃著剛剛買的泡泡冰。

在極度熱鬧的氣氛下，比賽開始了！

「啊！比賽開始了！」柯柯也叫了出來。

柯準的望天宮隊伍在比賽開始後，五個人瞬間疊羅漢的開始往木頭上爬，柯準在五個人中的最上面。

「咦？怎麼大家都沒有往上爬呢？」柯柯看大家似乎都在疊羅漢後在原地不動，納悶的問著。

「你仔細看，木頭不是黑色的嗎？」玉婷姐姐指著木頭說。

「是呀！是黑色的。」柯柯點點頭。

「那些在木頭上的黑色東西是油，必須要把油給刮掉，才能夠爬上去。」玉婷姐姐解釋著。

「油？要把油刮掉才能夠爬上去嗎？」柯柯看著木頭上的油，驚訝的問。

柯準和隊友努力的用繩索將塗在木頭上的油刮掉，全場加油聲不斷；其他隊伍也是努力邊刮著油邊往上攀爬。

嘟嘟吃了一口泡泡冰後說：「我記得沒錯的話，搶孤活動木頭上的油都是牛油。」

「原來是牛油呀……我看油都黑的，以爲是石油呢！」玉婷姐姐笑笑的說著。

「搶孤？……這活動叫作搶孤嗎？」柯柯好奇的問。

「嗯！是呀！」玉婷姐姐點點頭說：「這個民俗活動就叫作搶孤，每年農曆的這個時候都是爲了送走各路神明和祈福所舉辦的唷……」

「啊！被其他隊伍搶先了！」嘟嘟指著比賽場地叫著。

黑龍隊已經將下方的油給刮掉大半，並且上方的人順利的爬到木頭的一半，領先了其他隊伍；柯準也不甘示弱，快速的刮掉油後，緊跟在後面。

「跟其他隊伍的人比起來，柯準真的矮了人家一大截，不過……」玉婷姐姐頓了一下，繼續說著：「也因爲柯準和其他人相比動作比較靈巧，站在最上方給其他人的負擔也比較小，還有機會可以趕上……」

14 外星基地的決戰

柯柯看著柯準努力的往上爬，也忍不住大聲喊著：「加油！柯準加油！」

「加油……」嘉嘉也在柯柯後面小聲的喊著。

黑龍隊目前領先其他隊伍，快速的爬上已經將近三分之二的高度！而柯準似乎非常的靈巧，也緊緊跟在後面。

「加油啊！加油！」全場加油聲不斷，各隊伍也都努力的向上爬！

「加油！加油！」望天宮這邊的人也大聲的加油；整個會場的聲音大到比白天時還熱鬧！

「啊……黑龍隊的人快要爬到頂端了！」柯柯看到黑龍隊已經快到了頂端，不禁叫了出來！

「哇……怎麼辦……」嘉嘉也是小聲的問著柯柯，握著柯柯的手握得更緊了。

柯準這時候突然加快了速度！不顧著油還沒刮乾淨就硬是爬到上方……

「啊！小心啊！」柯柯叫著！

柯準一個重心不穩，快速的掉到下方！這時一群人發出了尖叫聲！

「呀！不要啊！」嘉嘉緊張的閉上眼睛！

哇

場地的下方有安全網，柯準掉到網子上，望天宮的人趕緊上前看，發現柯準沒有受傷，大家才鬆了一口氣；阿嬤也從原本緊張的表情，恢復到平常的樣子。

「好險有安全網……呼！好險。」柯柯也鬆了一口氣。

不過也因爲柯準掉了下來，嚴重耽誤到隊伍的進度，雖然柯準快速的又爬上去，但是已經來不及了……黑龍隊翻個身，將上方棚子內的東西往下拋！掉下來很多糖果餅乾，下方的民眾搶成一團！

柯柯看到這樣的情形，轉過頭問玉婷姐姐說：「玉婷姐姐，他們是……？」

「那是『孤棚』上的『孤棧祭品』唷！」玉婷姐姐邊說邊指著前方搶著拿的民眾：「你看不是很多人在搶嗎？聽說拿到的人一整年都會平安幸福呢！」

「不知道會不會有拿到就可以吃的美食呢？」嘟嘟笑笑的問。

「嘟嘟不用去搶也會有很多好吃的吧？」玉婷姐姐看著嘟嘟的臉說著。

「說的也是，嘿嘿！」嘟嘟笑了笑，感覺非常的開心。

柯準努力的往上爬也來不及了，黑龍隊又往上翻了一下，拿到了最上方的東西！

14　外星基地的決戰

「啊啊！被搶走了！」玉婷姐姐叫了出來。

全場響起了非常熱烈的掌聲！伴隨著鞭炮的聲音大家都開心的喊著！

柯柯指著那上方的東西喊著：「那是！黑龍隊搶到的是神明的信物嗎？」

「那是『順風旗』，就是這次搶孤活動最重要的物品……」玉婷姐姐解釋著。

「要去搶回來！」柯柯邊叫著，邊衝向會場！

「等一下！你要去那裡？」玉婷姐姐喊著，柯柯卻完全不理會，衝到活動場地！

「可惡！外星人要出現了！」柯柯邊說，邊往黑龍隊方向衝！卻突然被抓住了！

「你要幹嘛？不要隨便亂跑！」柯準剛好抓著柯柯的衣服，不讓柯柯繼續前進。

「放開我！」柯柯不停掙扎，大聲喊著：「外星人！外星人要來了！」

「外星人？說清楚好嗎？」柯準放開柯柯，這時柯柯回頭看著柯準，發現柯準全身都是污漬，看得出來柯準有多辛苦。

「這個活動，不就是要把各路神明送走，並且迎接其他神明的活動嗎？」柯柯問著。

「這個嘛……是可以這樣說啦……」柯準搔搔頭，不太曉得該怎麼跟柯柯說明。

「所以，神明就是外星人吧？外星人要趁著這活動要入侵地球了！爲了阻止，一定要搶到神明的信物！」柯柯大聲的說著，臉上一臉著急的樣子。

「柯柯，等一下……所以你一直以爲，神明就是外星人，要在這個活動結束後，來統治地球嗎？」柯準睜大眼睛說著。

「是呀！你不是也有說過有外星人！」柯柯問著柯準。

柯準驚訝的看著柯柯，接著大笑：「哈哈哈……外星人是騙你的啦！你怎麼真的相信呢！」

「什麼……那我在望天宮破壞的外星人呢？」柯柯不可置信的問著柯準。

「那個喔……」柯準笑笑的說：「那是『大仙尪仔』，是用藤條做的，裡面站人撐起來的啦！哈哈哈……」

14　外星基地的決戰

「什麼……」柯柯還是不敢置信，繼續問著：「那麼……今天這個活動，不是外星人的儀式嗎？」

「不是唷！」玉婷姐姐和嘟嘟也趕到柯柯旁邊。

「今天這個搶孤活動呀！是爲了替祖先們祈福，並且希望今年一整年都能順順利利所舉辦的民俗活動啦！」嘟嘟邊吃著剛剛拿到的餅乾，邊解釋著。

「所以……沒有外星人？」柯柯睜大著眼睛瞪著柯準。

「沒有外星人。」柯準邊挖著鼻孔，邊看著柯柯。

柯柯一時之間不知道該如何是好？自己的整個暑假都相信外星人要來，這下自己不就像個笨蛋一樣把暑假笨掉了嗎？柯柯陷入了不知該如何反應的窘境。

看柯柯這樣，玉婷姐姐走到柯柯面前說：「現在這時候，就是好好的慶祝活動順利結束，好好的吃吃喝喝唷！」說完，玉婷姐姐對著柯柯笑了笑。

「吃吃喝喝嗎？我最喜歡廟口美食了！」嘟嘟也笑笑的說著。

這時黑龍隊拿著順風旗開始慶祝，鞭炮聲不絕於耳；沒有外星人，只有大家歡樂的慶祝著！

「走了啦！阿嬤叫我們過去吃大餐囉！」柯準對著柯柯說著，自己先跑到望天宮的大家那裡去。

柯柯走了兩步，看到嘉嘉就站在自己面前。

「那個……外星人還會來嗎？……」嘉嘉小聲的問著。

柯柯笑了笑，搖搖頭說：「不會，外星人永遠不會來了。」

「嗯！那現在呢？」嘉嘉開心的問著。

「現在？」柯柯牽起嘉嘉的手說：「現在就好好的去玩吧！」說完後，兩人開心的跑去找柯準和阿嬤。

「嗯！這兩個孩子感情真是好呢？」嘟嘟邊吃著剛剛拿到的小麻糬，邊說著。

玉婷姐姐看著嘟嘟說：「是呀！就像我跟妳一樣，是一家人呢！」

「咳咳！麻、麻糬……」嘟嘟似乎噎到，不停的咳著。

玉婷姐姐拍著嘟嘟的背，露出尷尬的笑容。

「呼……」嘟嘟鬆了一口氣說：「真是的！不要在人家吃麻糬的時候講會讓人家感動的話嘛！」

「哈哈……」玉婷姐姐笑了笑後說：「柯柯想要保護周圍的人，就算害怕也要跟外星人戰鬥，這樣的勇氣真的令人覺得了不起呢！」

「是呀！小小年紀就這麼厲害。」嘟嘟又放了一口小麻糬到嘴裡。「不過如果是玉婷妳，就算碰到恐龍或妖怪也不怕呢……雖然會怕暖呼呼的小雞。」

「真是的，不要這樣笑我嘛！」玉婷姐姐不好意思的說：「走吧！我們也去找他們吃大餐慶祝吧！」玉婷姐姐拉住嘟嘟的手，開始跑起來！

「等、等一下！麻糬會噎到！……」嘟嘟狼狽的跟在玉婷姐姐後面跑了起來。

「哇！放煙火耶！」柯柯和嘉嘉開心的喊著。

所有人都一齊望向放著煙火的夜空，夏季的祭典絢麗的照耀在大家心中，成爲了最美的回憶。

我的阿嬤是
外星人

15.

我的阿嬤真的是外星人

柯準要到都市去唸國中了，今天叔叔來帶柯準，柯準正在打包著行李。

「哼！終於要離開阿嬤家到城裡上國中了，總算不用看到你這個小屁孩。」柯準邊收拾著東西，邊調侃著柯柯。

柯柯點點頭，沒有說話。

「嗯？怎麼不說話？你哭了嗎？」柯準一邊問，一邊看著柯柯。

柯柯從自己的背包中拿了一個東西出來，是一本英文單字卡。

「小堂哥，上了國中後要學英文，這本單字卡就當作你送我戰鬥卡的謝禮吧！」柯柯邊說，邊把單字卡拿給柯準。

柯準拿著這本單字卡，抱怨的說：「你這小屁孩真的不可愛啊！送這種東西我也不會高興啊！」

「就當作字典也可以啊！」柯柯邊攤開英文單字卡，邊給柯準看。

柯準突然想到：「對了！你一開始來的時候，指著我說了一句英文……是單字卡上那一個啊？」

柯柯拿起了一張單字卡給柯準看：「這張。『F-O-O-L』，Fool。」

15　我的阿嬤真的是外星人

「什麼意思……」柯準拿起那張單字卡唸著：「fool，愚人、笨蛋、天真的人……喂！原來你那時候是在罵我笨蛋啊！」柯準有點生氣的說。

「你也是一直叫我哭啊！」柯柯不甘示弱的回應。

「你……說的也是，哈哈哈……」柯準看著柯柯，忍不住大聲笑了出來。

「噗！小堂哥，你也真的很討厭啊！」柯柯看到柯準大笑，也忍不住笑了出來。

兩個人笑得很開心，似乎這兩個月的相處之下，彼此心中也有了共同的共識，成爲了真正的好朋友。

門外傳來了車子的喇叭聲，阿嬤也進來叫柯準。柯準提著東西出去，和阿嬤說完話後準備要搭柯準爸爸的車離開。

柯準上車後，對著柯柯大喊：「柯柯，下次見面再一起玩戰鬥卡啊！」

「當然！你可不要再輸我了啊！」柯柯對著柯準揮手。

「你才是！可不要哭著找媽媽啊！」柯準也大聲的回應著。

車子慢慢的開走了，柯準離開了鄉下阿嬤家。

開學了，柯柯的爸爸媽媽還沒回來。

這幾天柯柯都會跟著阿嬤去望天宮。知道望天宮沒有外星人後，柯柯過得舒服多了；早上就在望天宮，下午嘉嘉放學後柯柯才會跟嘉嘉會合一起玩。

今天嘉嘉放學後開心的說著：「柯柯！我們幼稚園今天看到玉婷姐姐和嘟嘟姐姐的布袋戲表演喔！」

「真的嗎？表演什麼？」柯柯好奇的問著。

「玉婷姐姐和嘟嘟姐姐用小熊貓布偶和老虎布偶，表演小熊貓和老虎當朋友的故事唷！」嘉嘉開心的說著，感覺很興奮。

「原來是這樣呀……」柯柯把兩手放到後腦杓，慢慢的說：「這樣說來，我還沒看過玉婷姐姐表演過布袋戲呢！」

「玉婷姐姐很厲害呢！」嘉嘉激動的說著。

柯柯和嘉嘉又來到小山坡這裡。看著漂亮的天空和農田，風輕輕的吹來讓人感受到夏末的舒爽。

外星人不會入侵了，一直以來的大石頭也可以真正的從內心放下，這種和平又

15　我的阿嬤真的是外星人

悠閒的感覺讓柯柯感受到非常的輕鬆愉快。記得剛來的時候那種想回家的心情，現在也幾乎完全的拋在腦後，一點也不會想要再回到都市內那樣狹小的空間內了。

兩人一起坐在小山坡上，望著下方。

「柯柯……」嘉嘉小聲的問著：「柯柯，你就快要回都市了嗎？」

「是啊！」柯柯點點頭說。

前幾天爸爸媽媽打電話來，說工作已經結束要回到台灣了，回到台灣馬上就要來接柯柯回去上學。升上幼稚園大班的柯柯，除了要學更困難的英語外，鋼琴和小提琴都要加強。

「不會回來了嗎？……」嘉嘉小聲的問著，用手指頭在地上一直畫螺旋的圖案。

「應該不會了吧！」柯柯開心的說：「這次回去了以後，我就要跟爸爸還有媽媽一起，應該不會再來了吧……」

「嗯……真的不會了嗎……」嘉嘉小聲的問著。

「對。」柯柯越說越開心：「放假的時候我會和爸爸媽媽一起到歐洲，再到很

遠的夏威夷去；平常時候也會上很多才藝班，我的小提琴班我還要繼續上……」

嘉嘉突然站了起來，看著柯柯；柯柯驚訝的看著嘉嘉的表情。

嘉嘉在哭，眼淚大顆大顆的流了下來。

柯柯趕緊站起來想安慰嘉嘉：「怎麼突然哭了呢……不要哭啊……」

「柯柯大笨蛋！」嘉嘉哭著大聲喊了一聲，快速的跑離開！

「怎麼了？」柯柯楞在原地，一臉茫然的看著跑走的嘉嘉，一轉眼，嘉嘉已經失去了蹤影。以前沒看過嘉嘉這樣的表情，雖然都是哭，但是嘉嘉的神情就跟平常不太一樣。

柯柯的心揪了一下，到底怎麼了呢？

柯柯在原地等了兩小時，一直等著嘉嘉回來找他，可是嘉嘉卻沒有回來……

晚上回到了阿嬤家，阿嬤給柯柯準備了晚餐，洗完澡的柯柯走到後門那邊，希望能碰到嘉嘉。

可是嘉嘉沒有出現。

「或許……嘉嘉明天就會出現了吧……」柯柯內心想著，望了望夜空。

15　我的阿嬤真的是外星人

月亮雖然照耀著大地，卻沒有給柯柯任何答案。

接下來幾天，柯柯一直沒有看到嘉嘉；嘉嘉就像是消失了一樣，沒有再出現在柯柯的面前。這讓柯柯悶悶不樂，無論在望天宮、廟口，又或者是望天宮大門前的大樹下，都沒有再看到嘉嘉。

這讓柯柯產生了錯覺……難道嘉嘉消失了嗎？難道嘉嘉只是自己想出來的幻影朋友，又或者嘉嘉才是外星人，回外星球了嗎？

怎麼可能……柯柯對自己的幻想嗤之以鼻。

終於到了這一天，柯柯接到了電話……

「克里斯！爸爸媽媽再過幾天就要回台灣了！回台灣後要去接你喔！」電話那頭傳來爸爸爽朗的聲音。

「真的嗎？要來接我了嗎？」柯柯開心的說著，這證明這個暑假終於要結束了。

電話那頭傳來了媽媽的聲音：「是呀！克里斯，媽媽和爸爸都很想你！」

電話交給了阿嬤，阿嬤和柯柯的爸爸說著話，說完電話後，阿嬤稍微幫忙整理著柯柯的東西，將衣服摺好一部分放到行李箱內。

這時候，柯柯反而有點捨不得阿嬤了，雖然語言不通，但是都是阿嬤在照顧自己。

還有嘉嘉……陪伴著自己渡過了暑假和荒唐的外星人戰鬥，真的很捨不得離開呢！

「啊……」柯柯突然知道了，是不是自己曾經對嘉嘉表現出自己的不在乎，認爲離開了不用再回來是很開心的事情呢？

是不是這樣，傷害了嘉嘉呢？想太多也沒有答案……柯柯打開了電視看著。

柯柯看到氣象報告，似乎颱風要來了。

「颱風……不知道會不會影響到呢？」柯柯自言自語的說著。

過了兩天，颱風來了，風雨交加的吹著阿嬤家的老房子，有些地方還積水了。阿嬤在家裡跑來跑去，爲了漏雨而努力的清掃著。

柯柯走到後門，想關門的時候，看到了這幾天一直沒見到的人……

是嘉嘉！

15　我的阿嬤真的是外星人

柯柯看到嘉嘉就在隔壁的門後面，大聲的對著嘉嘉喊著：「嘉嘉！」

嘉嘉看了柯柯一眼，馬上流下了眼淚看著柯柯，接著沒說什麼把門關上。

「嘉嘉……」柯柯皺著眉頭，好不容易看到了嘉嘉，嘉嘉卻不肯跟自己說話。

一個晚上的風雨，終於停了。隔天的天氣不再像颱風天的風雨交加，而是太陽露出了溫暖的笑臉。

這是最後一天在阿嬤家了吧？明天爸爸媽媽就要把柯柯接回去了。

下午柯柯跟著阿嬤來到望天宮，在望天宮內走來走去。曾經怕得要命的望天宮，現在裡面的神明表情看起來也和藹可親許多；被燒掉的倉庫也清理乾淨，重新清了一個小空地打算再蓋一個小倉庫起來。

「柯柯。」後面有人叫了柯柯的名字。

柯柯轉過頭看，發現是沈主委伯伯。沈主委伯伯邊咬著甘蔗，邊看著柯柯。

「啊！沈主委伯伯。」柯柯打了一聲招呼，看著沈主委伯伯。

「如何？聽你阿嬤說明天你就要離開阿嬤家了。」沈主委伯伯邊咬著甘蔗，發出「喀滋」、「喀滋」的聲音。

柯柯點點頭，表情有點黯然的低下頭。

「怎麼了？是不是捨不得呀？」沈主委伯伯笑笑的問著。

「嗯……」柯柯點點頭說：「我一直以爲我很想要離開阿嬤家回到爸爸媽媽那裡……但是真的要離開了，反而有點捨不得……」

「這樣啊！」沈主委伯伯點點頭，把甘蔗渣吐到垃圾桶內。

「捨不得的話也可以再來啊！我們廟口永遠都歡迎你呀！因爲你也算是廟口的孩子了嘛！」沈主委伯伯笑笑的說著。

「謝謝沈主委伯伯。」柯柯雖然笑笑的，但是仍然掩蓋不住難過的神情。

嘉嘉……只剩一天就要離開了，柯柯仍然無法和嘉嘉說上一句話。

*

「克里斯！克里斯！」柯柯的媽媽開心的抱向柯柯，柯柯也高興的抱著媽媽，柯柯的爸爸則是看著柯柯跟柯柯媽媽微笑著。

「東西都整理好了嗎？我們等等就要準備出發了喔！」柯柯的爸爸跟柯柯說著。對柯柯的爸爸和媽媽來說，已經兩個多月沒看到柯柯了。

15　我的阿嬤真的是外星人

柯柯的爸爸和阿嬤說話著，柯柯的母親也跟阿嬤道謝。

「結果到最後還是看不到嘉嘉呀……」柯柯有點難過的把行李放到車上，寂寞的望向小山坡。

小山坡上……雖然有點距離……但是小山坡上的人，是嘉嘉！

「嘉嘉？嘉嘉！」柯柯顧不得其他的事情，拔腿就往小山坡的方向跑去！

柯柯的媽媽回過頭看到柯柯跑走，大聲的喊著：「克里斯？你要去那裡？」

「我馬上回來！」柯柯揮揮手跑向小山坡。

爲什麼這陣子一直避著不見面？爲什麼不願意跟我說話？爲什麼要到最後一天還在小山坡上望著而不過來道別呢？爲什麼？嘉嘉！

柯柯心中充滿著爲什麼，卻仍然搞不懂嘉嘉的心情。小山坡畢竟不遠，柯柯看到了嘉嘉背對著自己。

「嘉嘉……」柯柯邊喘著氣，看著嘉嘉，柯柯心中非常害怕嘉嘉又躲著自己。

嘉嘉雖然有聽到柯柯呼喚自己，但是嘉嘉沒有回頭也沒有回應。

「嘉嘉……我馬上就要搭我爸爸的車走了……」柯柯說著，期望著嘉嘉的回應。

嘉嘉原本背對著柯柯……慢慢的轉過身來看著柯柯。

原本以爲會淚流滿面的嘉嘉，卻跟平常不同，充滿著笑容。

「嘉嘉……」柯柯很少看到嘉嘉這樣的笑容，有點驚訝的看著嘉嘉。

嘉嘉看著柯柯，笑笑的說：「我答應自己了……絕對不要再當一個愛哭的嘉嘉。」

「爲什麼呢？」柯柯突然聽嘉嘉這樣說，有點納悶。

「以前我愛哭……是因爲想爸爸，希望爸爸能出現保護我；後來跟著柯柯你到處玩，我哭是因爲有你保護著我，所以我總是害怕到哭出來……因爲不管我怎麼哭，你都會保護我……」嘉嘉慢慢的說著，柯柯很認真的聽著。

「以後……我再怎麼哭，爸爸也不會出現，柯柯你也不會再出現了……」嘉嘉邊說，邊低下頭。「那麼，我再怎麼哭，也沒有用了不是嗎？而且，我要像你一樣，爲了保護身邊的人，也要有努力對抗外星人的勇氣。所以，我不要再哭了……」

15　我的阿嬤真的是外星人

「嘉嘉……」柯柯聽嘉嘉說完，有點不知道該怎麼回應。

嘉嘉走到柯柯面前，給了柯柯一樣東西。

是裝滿紙星星的玻璃瓶！

「紙星星玻璃瓶？」柯柯驚訝的說著，滿滿的紙星星放滿著整個玻璃瓶內。

「這是給你的……我一直忍耐著不哭，想摺給你當禮物……我不希望在最後的時候還一直哭著讓你看見。」嘉嘉忍耐著，眼淚充滿著整個眼眶。

「謝謝妳，嘉嘉。」柯柯收起紙星星玻璃瓶，對著嘉嘉說：「我當初說不回來，事實上是我搞錯了。」

「搞錯？」嘉嘉張大眼睛看著柯柯。

「這個地方，還有我需要保護的人和廟口的朋友。不論是阿嬤、柯準，或是玉婷姐姐或沈主委伯伯，都是我的朋友；而最重要的……還有妳，我最想要保護的好朋友嘉嘉。」

「嗚嗚……」嘉嘉一直忍耐著，不讓眼淚流下來。

「嘉嘉，我還會再回來的……不論我到那裡，我們都一樣還是好朋友。」柯柯牽起嘉嘉的手，安慰著嘉嘉。

嘉嘉終於流下眼淚，但是卻是開心的笑著。嘉嘉自己知道無論到那裡，柯柯都會替自己加油，有了柯柯真心的加油，就算一個人，又有什麼好害怕的呢？

看到嘉嘉又流下眼淚，柯柯趕緊安慰著：「別哭呀……嘉嘉別哭。」

「嗯！」嘉嘉雖然笑著，眼淚卻像潰堤一樣，不停的流下來。

小山坡上的風吹了過來，風中帶了點鹽味；雖然是眼淚的味道，卻是充滿開心的眼淚。

柯柯回到了阿嬤那邊，看到了爸爸和媽媽正在等待著自己。

柯柯的媽媽抱怨著：「爲什麼兩個月不在，克里斯就學會了到處撒野了呢？不知道這樣亂跑媽媽會擔心嗎？」

「爸爸。」柯柯沒有回答媽媽的話，直接對著爸爸說：「爸爸，我希望以後有假日的時候，可以常常回來這裡玩。」

「咦？你不是不喜歡阿嬤家嗎？怎麼突然又想要待在這裡呢？」柯柯的爸爸疑惑的問著，這時看到隔壁有個小女孩一直躲在門後看著柯柯，柯柯的爸爸會心一笑。

「我知道了，以後只要阿嬤有空，你就可以來玩。」柯柯的爸爸摸著柯柯的頭笑著。

「那怎麼可以，克里斯還有很多課程要學習呢！怎麼可以在這邊，會學壞的！」柯柯的媽媽抱怨著。

「放心！我也是這樣長大的，有學壞嗎？」柯柯爸爸對著媽媽笑著，這讓柯柯的媽媽尷尬的笑了出來。

柯柯媽媽看柯柯的眼神那麼堅決，只好答應了柯柯：「好吧！不過一定要答應我，平常上課時一定要很專心，課程也都要上，知道了嗎？」

「好！」柯柯點了點頭，轉過頭去對著偷看的嘉嘉笑一笑。

嘉嘉也對著柯柯點點頭，露出了笑容。

「好啦！跟阿嬤說再見，我們要回去囉！」柯柯的爸爸對著柯柯說完，打算要回車上。

「阿嬤再見。」柯柯對著阿嬤說著。這時阿嬤似乎有些不太對勁？閉著眼睛，

口中唸唸有詞的？

「阿嬤？阿嬤妳怎麼了？」柯柯緊張的問著阿嬤。

「怎麼了嗎？」柯柯爸爸和媽媽趕緊趕過來。這時阿嬤張開了眼睛，看著柯柯。

「柯柯……以後你要來玩，隨時都可以來玩。」阿嬤對著柯柯說。

「好……咦！」柯柯驚訝的看著阿嬤！阿嬤這次不是用台語，而是用國語對著柯柯說話！

柯柯不可置信的看著阿嬤，指著阿嬤說：「阿嬤！妳不是不會說國語嗎？怎麼這次講得這麼標準？」

阿嬤嘆了一口氣，對著柯柯說：「神明跟我說，以後要我多學國語，才能跟小孩子溝通。」

阿嬤的國語讓柯柯瞬間嚇一跳，喊了一句英文：「I can't believe!」

阿嬤馬上又回答柯柯：「不用不相信，神明也說，以後英語也要會說，才可以幫助外國人。」

15　我的阿嬤真的是外星人

阿嬤突如其來的轉變，讓柯柯驚嚇到啞口無言！爲什麼？不是說神明只是信仰和民俗活動嗎？不是說神明不會下來嗎？爲什麼阿嬤瞬間就會說國語和英文了呢？

爲什麼？爲什麼？

一定是外星人！阿嬤事實上就是外星人！外星人要侵略地球了！

柯柯大叫著：「阿嬤是外星人！」，不顧一切的叫著，到底真相如何？一切的一切也只有外星人才知道……

「但是……」

＊更多有關於望天宮的故事，可以查詢：

《廟口的小孩》、《我的阿嬤是外星人》、《養雞的小孩》。

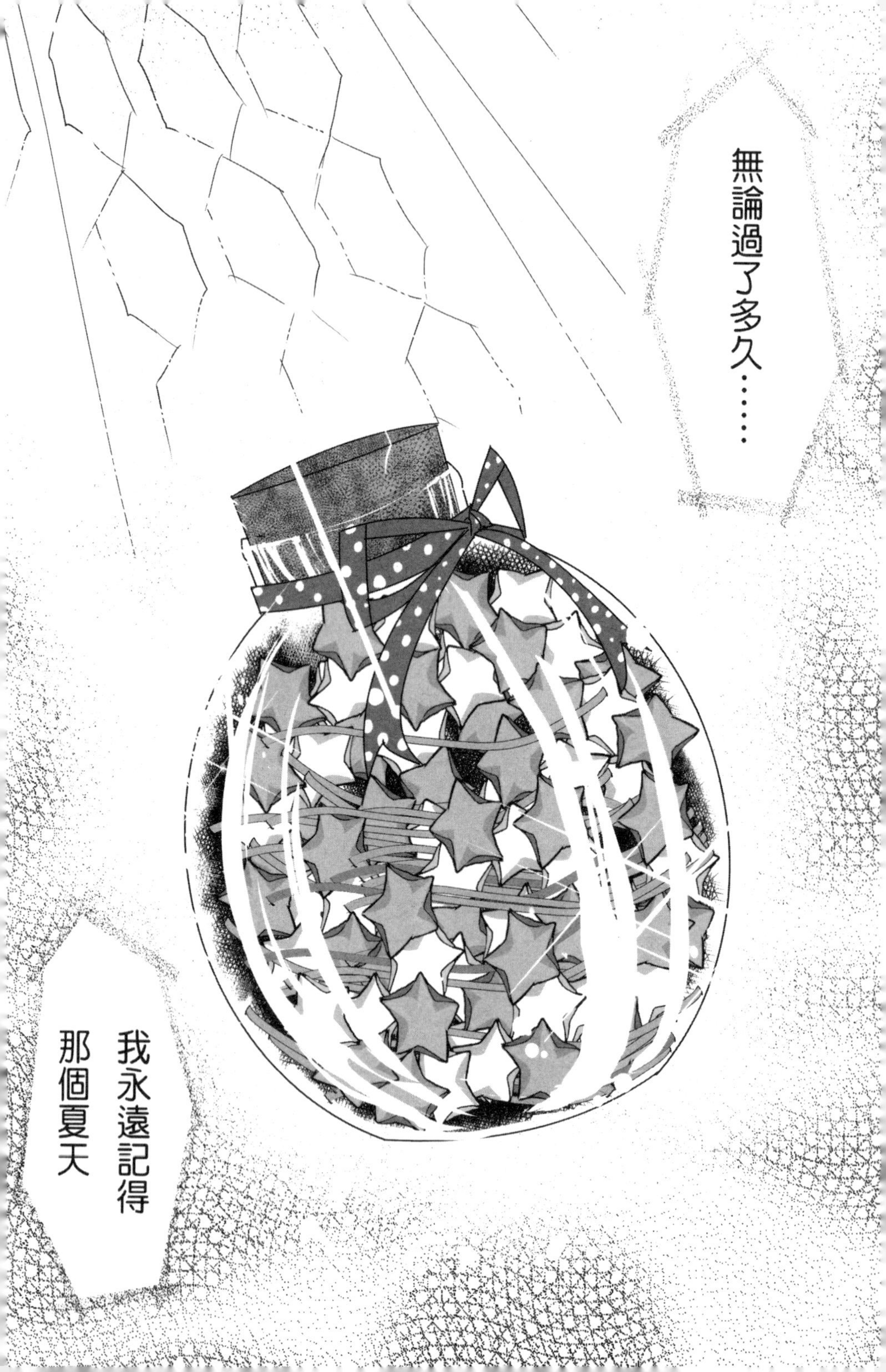
無論過了多久……
我永遠記得
那個夏天

培育文化

勵志學堂 38

我的阿嬤是外星人

作者　雪原雪

責任編輯　林美娟

美術編輯　翁敏貴

封面/插畫設計師　企鵝皮

出版者　培育文化事業有限公司

信箱　yungjiuh@ms.45.hinet.net

地址　新北市汐止區大同路三段一九四號九樓之一

電話　（02）8647-3663

傳真　（02）8674-3660

劃撥帳號　18669219

CVS代理　美璟文化有限公司

TEL／(02)27239968

FAX／(02)27239668

總經銷：永續圖書有限公司

法律顧問　方圓法律事務所　涂成樞律師

出版日期　2013年5月

國家圖書館出版品預行編目資料

我的阿嬤是外星人 / 雪原雪著. -- 初版.

-- 新北市 : 培育文化, 民102.05

面 ;　公分. -- (勵志學堂 ; 38)

ISBN 978-986-5862-06-0(平裝)

859.6　　102003889

※為保障您的權益，每一項資料請務必確實填寫，謝謝！

姓名		性別	□男　□女
生日	年　月　日	年齡	
住宅地址	郵遞區號□□□		
行動電話		E-mail	

學歷

□國小　□國中　□高中、高職　□專科、大學以上　□其他______

職業

□學生　□軍　□公　□教　□工　□商　□金融業
□資訊業　□服務業　□傳播業　□出版業　□自由業　□其他______

謝謝您購買本書，也請您與我們一起分享讀完本書後的心得。
務必留下您的基本資料及電子信箱，使用我們準備的免郵回函寄回，我們每月將抽出一百名回函讀者，寄出精美禮物以及享有生日當月購書優惠！想知道更多更即時的消息，歡迎加入"永續圖書粉絲團"
您也可以使用以下傳真電話或是掃描圖檔寄回本公司電子信箱，謝謝！

傳真電話：（02）8647-3660　電子信箱：yungjiuh@ms45.hinet.net

●請針對下列各項目為本書打分數，由高至低5～1分。

	5	4	3	2	1		5	4	3	2	1
1.內容題材	□	□	□	□	□	2.編排設計	□	□	□	□	□
3.封面設計	□	□	□	□	□	4.文字品質	□	□	□	□	□
5.圖片品質	□	□	□	□	□	6.裝訂印刷	□	□	□	□	□

●您購買此書的地點及店名______

●您為何會購買本書？

□被文案吸引　□喜歡封面設計　□親友推薦　□喜歡作者
□網站介紹　□其他______

●您認為什麼因素會影響您購買書籍的慾望？

□價格，並且合理定價是______　□內容文字有足夠吸引力
□作者的知名度　□是否為暢銷書籍　□封面設計、插、漫畫

●請寫下您對編輯部的期望及建議：

★請沿此線剪下傳真、掃描或寄回，謝謝您寶貴的建議！

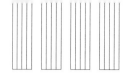

2 2 1 - 0 3

新北市汐止區大同路三段194號9樓之1

傳真電話：（02）8647-3660
E-mail：yungjiuh@ms45.hinet.net

廣 告 回 信
基隆郵局登記證
基隆廣字第200132號

培育

文化事業有限公司

讀者專用回函

我的阿嬤是外星人

培養文化育智心靈的好選擇